La vida que nos queda

La vida que nos queda

MATTEO B. BIANCHI

Traducción de Mariana Ribot

gatopardo ediciones

Título original: *La vita di chi resta*

Publicado gracias a un acuerdo con Matteo B. Bianchi,
MalaTesta Lit. Ag. y The Ella Sher Literary Agency.

Este libro ha sido traducido gracias a una subvención del Ministerio de Asuntos Exteriores y de la Cooperación Internacional italiano.
Questo libro è stato tradotto grazie a un contributo del Ministero degli Affari Esteri e della Cooperazione Internazionale italiano.

Rambla de Catalunya, 131, 1.º-1.ª
08008 Barcelona (España)
info@gatopardoediciones.es
www.gatopardoediciones.es

Primera edición: octubre de 2024

Diseño de la colección y de la cubierta: Rosa Lladó

Imagen de la cubierta: © Stefania Infante
Imagen de la solapa: © Valentina Vasi

ISBN: 978-84-129125-1-7
Depósito legal: B-17262-2024
Impresión: Estilo Estugraf Impresores S. L.
Impreso en España

A los supervivientes

Si te sucede lo peor que podría pasarte,
intentaré ser un buen amigo.

JOHN WATERS

Alguien ha llamado a la ambulancia. El portero, un vecino, no tengo ni idea de quién se ha tomado la molestia.

Lo deduzco porque oigo el aullido de las sirenas, siento que se acercan y se detienen a todo volumen bajo mi ventana, antes de apagarse con su sonido tubular.

Sé que es inútil, que no va a haber intentos desesperados de reanimación, que todo es ya definitivo.

Abro la puerta.

En las ventanas y los balcones, decenas de personas miran en mi dirección. Fuera, en el rellano, hay un grupito de vecinos. No dicen nada, sus miradas traslucen alarma y confusión.

Oigo las voces de los sanitarios que suben por la escalera, sus pasos apresurados. Mi piso está en la quinta planta.

Cuando los tres hombres con bata blanca llegan al rellano con la camilla están sudados y sin aliento.

El primero de los tres mira un instante a su alrededor. Repara en otro tramo de escaleras y en el agujero del ascensor. Alza los ojos al cielo y luego, dirigiéndose a mí, exclama:

—¿Por qué nadie nos ha dicho que había ascensor?

El ascensor.

S. está ahí, en el suelo, muerto, y yo tendría que haberos aconsejado que usarais el ascensor.

Como es natural no contesto, no me veo capaz.

Esta es la primera de un millón de veces.
La gente me hará preguntas y no sabré qué decir.
Durante meses, durante años.
Para siempre.

¿Y tú sospechabas que podía pasar? ¿Habías percibido señales de alerta?

Sí.

¿Y no hiciste nada?

Lo comenté. Con su familia. Con los amigos.

¿Y ellos?

Me decían que no me preocupara, que solo lo hacía para impresionarme.

¿Y tú?

Yo temía que lo dijese en serio, lo veía venir.

Hacía tres meses que ya no vivíamos juntos. Nos habíamos separado a finales de agosto de 1998.

S. aún tenía las llaves del piso. Había dejado en casa la mayor parte de sus cosas (ropa, zapatos, objetos) mientras buscaba un nuevo alojamiento. De vez en cuando venía a buscar algo que le hacía falta.

Aquella tarde me había llamado a la oficina desde el teléfono de casa. Una llamada breve, formal. No habíamos discutido ni peleado, como era habitual, incluso en los intercambios más breves.

Concluyó así:

—De todas formas, no te preocupes: cuando vuelvas ya no estaré.

Me lo tomé como un dato técnico, pero era una declaración metafórica.

Era su despedida.

Es un mantra que se repite de boca en boca. Un plebiscito espontáneo. Una conspiración inconsciente. Un voto unánime. Una plegaria constante.

Cambia de casa.

Me lo dicen todos.

Mis padres, mi hermana, mis amigos, mis compañeros de trabajo, los conocidos que se han enterado, incluso algunos extraños con los que entro en contacto.

Múdate.

Lárgate a otro lado.

Durante los primeros días me siento débil, muy débil. Ni siquiera sé si aún soy yo, si existo.

Y sin embargo mi determinación es absoluta: no, no me voy.

Los demás no dan crédito. No comprenden por qué me empeño en quedarme en una casa saturada de tantos recuerdos. Infestada de recuerdos. La casa donde hemos convivido, la casa donde él se ha quitado la vida, la casa donde encontré su cadáver.

En serio, ¿cómo se te ocurre pensar que puedes seguir viviendo allí?

Pero enseguida, desde el primer día, me doy cuenta de que es inútil dar explicaciones. Nadie sabe lo mal que lo estoy pasando, nadie es capaz de comprender mis sensaciones, el agujero negro en el que he caído. Me dan consejos desde lo alto, pero yo estoy en otro lugar.

Es como ofrecerle un vaso de agua a un hombre en llamas y sorprenderse de que lo rechace.

No me sirve vuestro vaso de agua. ¿No veis que me estoy quemando? ¿Que un paliativo es patético e inútil? Dejad que me consuma. Os lo ruego.

La receta elemental que me proponen es el alejamiento físico: que huya de mis recuerdos. No se dan cuenta de que los recuerdos me invaden. Me han calado hasta los huesos. Aunque me fuera a la Conchinchina, los llevaría conmigo. Poner océanos y continentes de por medio no serviría de nada.

Yo soy mis recuerdos. Yo soy la vida con él y su muerte absurda. Estoy hecho de esta conciencia.

Cambia de casa.

Me inspiran ternura. Ofrecen consejos para una competición cuyas reglas ignoran. Soluciones de prestidigitador para un problema de astrofísica.

Cuando los demás no te comprenden, o no pueden comprenderte, no te queda más remedio que escucharte a ti mismo.

Cuanto más insisten en que deje esta casa, más férrea es mi decisión de quedarme. Incluso extraña, en un momento en que me siento privado de voluntad y de capacidad de decisión, en que consulto con los demás las opciones disponibles, en que no consigo hacerme cargo de mí mismo.

Come algo. Vale.
Descansa un rato. Ya voy.
Cambia de casa. No.

En ausencia de otras intenciones, esta es la única que me queda. En mi fuero interno siento que debo quedarme. Siento que la carga de dolor (y de angustia, de confusión y) que pesa sobre mis espaldas no se aliviaría en absoluto con un cambio de dirección. No es una entrega a domicilio que pueda evitarse con una mudanza. No es un perseguidor al que puedas despistar corriendo más deprisa. Al contrario, en lugar de huir siento que debo quedarme quieto y afrontarlo. Que no puedo hacer otra cosa.

Como si el dolor fuese un pozo en el que sumergirse, un túnel que hay que recorrer de un extremo al otro, hasta alcanzar la salida. El hecho de que no vea la luz del final, sino pura oscuridad, no altera mi convicción de que este es el camino que debo seguir.

Busco consuelo en la literatura.

Mi tabla de salvación en el mundo.

Exploro librerías, busco en la biblioteca (internet acaba de nacer). No hay gran cosa sobre el suicidio. En muchas novelas aparecen personajes que se suicidan, es cierto. ¿Pero una narración específica sobre el tema? También hay algunos ensayos de psicología o estudios sociológicos. Dónde sucede con mayor frecuencia, o por qué sucede.

De todas formas, solo encuentro material sobre las víctimas, no sobre los supervivientes.

Pero yo soy uno de ellos, es a ellos a quienes quisiera acudir, pedir ayuda. ¿Por qué nadie les presta atención?

¿Por qué se ignora el dolor de los que se quedan?

El día de mi regreso a la oficina procuro comportarme con mis compañeros con cierta naturalidad, pese a estar hecho un trapo: tengo unas ojeras considerables, el rostro demacrado, estoy perdiendo peso a una velocidad asombrosa. Por lo demás, es difícil no reparar en mi estado de postración. Ni se me pasa por la cabeza esconderlo. Todos están al corriente de lo que ha ocurrido y no tienen más remedio que reconocerlo y adecuarse a la situación.

Me reciben con afecto, con gestos sobrios pero elocuentes. Algunos me abrazan. Otros me dan la mano. Hay quien me acaricia.

Trabajo en una agencia de comunicación. Escribo textos publicitarios, folletos informativos, catálogos, cuñas de radio, redacto contenidos.

Comparto despacho con una compañera, Tiziana.

Durante la primera mañana resisto bastante bien. Hasta que, en un momento dado, no sé por qué, y probablemente no haya ningún porqué, rompo a llorar.

Tiziana levanta la vista, ve lo que está pasando y no sabe qué hacer.

—Ay, pobre... —dice. A ella también se le humedecen los ojos, pero se contiene.

Mira hacia el pasillo. Alguien podría verme al pasar.

Se levanta, misericordiosa, y cierra la puerta. Asume el espectáculo, decide cargar ella sola con su peso.

—Vete a casa —me dice—. Vete a casa, ¿no? —reformula la frase, en clave de pregunta—. Has vuelto demasiado pronto.

Ha pasado una semana desde la muerte de S.

—Quedarme en casa es peor —explico entre sollozos—. Tengo que volver a trabajar, a tener la mente ocupada, si no acabaré por volverme loco.

Se acerca a mi silla desde atrás, me pone una mano en el hombro y lo presiona ligeramente. Una señal como tantas de cercanía, de afecto. Nunca hemos tenido mucho contacto físico. Hace años que trabajamos juntos, nos entendemos como compañeros, nos apreciamos como amigos, pero ni ella ni yo somos muy dados a sentimentalismos.

Aun así, los dos sabemos que si me abrazara ahora, yo no podría parar de llorar. Y tengo que parar. Me seco las lágrimas y me trago el nudo de la garganta.

—Ya puedes abrir la puerta.

—¿Estás seguro?

—No, pero tú ábrela.

Nuestra primera sonrisa de complicidad después de la tragedia.

Me veo obligado a hacer cuentas con el dolor, y no es una manera de hablar. Se trata de una auténtica economía de la contención: consigo tolerar cierto grado de sufrimiento, pero otras cargas resultarían excesivas. Me empujarían más allá del límite. Hacia la locura. Sé que puede ocurrir, doy fe de ello.

Hay pensamientos demasiado desgarradores para alcanzar el umbral de la conciencia, por lo que permanecen sepultados bajo la superficie, en un limbo prolongado y protegido.

De vez en cuando aflora alguna cosa: una conversación, una imagen, una pelea, una escena tierna. Son todas igualmente terribles.

Estoy en el tranvía que me lleva a casa después del trabajo. Cansado, apagado, sentado en un incómodo asiento de plástico duro, contemplo el hormigueo de la ciudad por la ventanilla. Y en este momento, uno de tantos, sin motivo alguno, me acuerdo de una de nuestras discusiones. S. dice: «Dame otra oportunidad», y yo le contesto: «Te he dado un millón de oportunidades, basta ya».

La última pelea la noche antes de que abandonara nuestra casa y volviese a vivir con su madre.

Había arrinconado aquel diálogo, pero ahora regresa a mí ese fragmento vívido y preciso. Dame otra oportunidad. No, basta ya.

Él me había pedido una prórroga y yo se la negué.

Soy un monstruo.

Esta conciencia me asalta y me sacude.

S. me pedía ayuda y yo se la negué. Podría haberlo salvado y no lo hice. Soy un monstruo.

Siento que estoy a punto de estallar. Aquí, delante de todos, en un tranvía abarrotado de gente que vuelve a casa después del trabajo.

¿Cuánto falta? Un par de paradas. Cuatro, cinco minutos. Aguanta. Tienes que aguantar.

Me pongo en pie. Me abro camino entre los cuerpos, me acerco a la salida. Dejad pasar al monstruo. Me apoyo en los respaldos, no es un problema de equilibrio, sino que tengo que aferrarme a algo. Supero la primera parada, nos acercamos a la mía. Ahora el tranvía parece moverse muy lentamente, con una placidez extenuante. Soy un monstruo. Los últimos metros son una agonía. Se abren las puertas, me precipito al exterior como si huyera de un vehículo en llamas. Ando tan deprisa que de hecho estoy corriendo. Quiero llegar a casa, ahora, ya.

Subo los peldaños de dos en dos, meto la llave en la cerradura y la giro con violencia, date prisa, no falta nada, ya casi estoy, ya está, he llegado.

Cierro la puerta a mis espaldas, me quito la mochila y me tiro al suelo. No caigo, no tropiezo, me dejo caer hacia las baldosas, dejo que el pavimento me abrace con su fría dureza y estalla el llanto que he reprimido durante todo este rato, una apnea de diez minutos, soy un monstruo. S., perdóname, soy un monstruo; mundo, perdóname, soy un monstruo; no hay absolución posible para lo que hice, soy un monstruo, soy un monstruo, auxilio, soy un monstruo, que alguien me ayude.

Antes del funeral recibo varios ramos de flores y notas.

Una de estas es de una pareja joven, vecinos de escalera. Somos amigos. De vez en cuando solíamos cenar juntos. S. sacaba a su perro a pasear, jugaba con él en la galería común.

La nota es escueta, de una sola línea, y no va dirigida a mí, sino a S. Como probablemente corresponde. Como si yo solo fuese un intermediario.

Dice: «Te echaremos mucho de menos».

Y, a renglón seguido, tres firmas: Lory, Mario y Camillo.

Camillo es el perro.

No sé muy bien por qué, pero es el mensaje que más me conmueve.

También sufro cambios físicos.

Dicen que una persona puede encanecer de golpe a raíz de un fuerte shock emocional.

A mí me pasa algo parecido. Me clarean las sienes. El pelo se vuelve gris. Ya estaba encaneciendo, pero el proceso se acelera, sufre un avance inesperado. Envejezco por culpa del shock emocional.

No me limito a la tricología. El mío es un proceso holístico.

Una compañera con la que coincido unas semanas después del funeral en una reunión de trabajo, me observa y dice:

—Es cierto que has adelgazado un montón, ¿qué dieta sigues?

Sonríe, convencida de haberme hecho un cumplido.

Yo intento devolverle la sonrisa:

—Mira, es una dieta que no le aconsejo a nadie.

Solo en ese momento se da cuenta de que ha metido la pata.

—Dios mío, perdóname... —Se lleva una mano al rostro, está sinceramente afligida, pero no tiene por qué pedirme perdón. El tiempo pasa, es normal que los demás olviden la tragedia.

Ellos, que pueden.

Soy yo el que no puede dejar de pensar en ella ni un segundo. Un láser permanentemente encendido, día y noche. Es inevitable que el cuerpo se resienta.

Me estoy convirtiendo en el dolor que me habita.

S. y yo nos conocimos una noche en una discoteca a las afueras de Milán, pese a que a ninguno de los dos nos gustaba bailar. No íbamos por eso. Yo de vez en cuando me acercaba a la pista donde estaban mis amigos y meneaba las caderas al ritmo de alguna canción, tres o cuatro como máximo, pero luego me aburría. S. ni siquiera fingía que le interesase bailar. Se acodaba a la barra del bar o se apoyaba en una columna con una botella de cerveza en la mano y miraba a su alrededor. Nunca se quedaba solo mucho rato. El pelo al rape, los ojos claros y esos antebrazos que surgían de la camiseta blanca remangada y que siempre acababan por atraer a alguien. Su aire franco y viril era una mercancía poco frecuente en un ambiente en el que la masculinidad se exhibía a través de tatuajes y músculos hipertrofiados, de camisetas imperio y tejanos ceñidos. Él no hacía ninguna ostentación.

La gente se inventaba cualquier excusa para hablarle, tienes fuego, qué hora es, las banalidades de siempre. También había quien intentaba abordajes descarados que a él le divertía desbaratar. Como el chico que le dijo:

—Llevo toda la noche mirándote y preguntándome: «¿Cómo será un tío así en la cama?».

Y S. le contestó:

—Estirado.

O el tipo que había empezado diciendo:

—Me juego lo que sea a que eres bisexual. —S. asintió, y el otro añadió—: Anda, vente a mi casa, pégame y maltrátame como harías con una mujer.

S. sacudió la cabeza y contestó:

—Pues yo a las mujeres las trato bien.

No era un hombre de grandes discursos, prefería cortarlos de raíz. Era su manera de afirmar que él era él y no las fantasías que los demás proyectaban en él.

Pese a que yo ya había ido a esa discoteca varias veces y S. aseguraba acudir cada semana, nunca nos habíamos visto hasta aquella noche. Fue él quien me entró. Tenía treinta y cinco años y le gustaban los chicos más jóvenes. Todo el mundo me ponía dieciocho, aunque ya tuviera veinticinco.

—¿Por qué no quedamos alguna vez, fuera de aquí?

Acepté.

En mis fantasías sentimentales me imaginaba historias de amor con chicos de mi edad. En mis deseos me veía con hombres hechos y derechos.

Ciertos deseos se cumplen.

Los diez años que nos llevábamos S. y yo suponían un salto en términos de experiencias y de madurez. Cuando le conocí yo estaba acabando la universidad, no había trabajado nunca y aún tenía que foguearme en la vida real. Él, en cambio, ya tenía una vida a sus espaldas: un matrimonio fallido, una exmujer, un hijo al que mantener, un largo currículum laboral como obrero y peón.

Lo que experimentaba con él no tenía casi nada que ver con la banalidad de mis relaciones anteriores, llenas de fiestas, salidas al cine, vacaciones en tren y besos empalagosos.

S. era decidido, práctico.

Era un manitas, tenía experiencia, sabía a qué sitios había que ir, se sentía cómodo entre adultos, no le asustaban los retos.

Salir con S. significaba salir con un hombre.

Me desorientaba, me excitaba. Me impulsaba a crecer. Me aceleraba.

Al comienzo de nuestra relación, S. me llevaba a conocer sus lugares. Su geografía no tenía nada que ver con la mía, y vivíamos en la misma provincia.

Me llevaba en moto a almorzar o a cenar en tascas de pueblos periféricos cuyo nombre no había oído nunca y no lograba pronunciar al leerlo en los carteles de las carreteras. Me descubría meandros del río donde podíamos bañarnos y tomar el sol sin que nadie nos molestara.

Me contaba historias de individuos a los que conocía y que a mis oídos sonaban como personajes literarios.

Siendo contemporáneos, pertenecíamos a épocas distintas.

La suya era una versión de los pueblos de antaño, una comunidad todavía sólida, donde todos se conocían desde siempre y mantenían sus costumbres y tradiciones contra viento y marea. La mía era la de un pueblo satélite de la metrópolis, donde la modernidad estaba al alcance de la mano y las elecciones vitales (sobre el trabajo, las salidas nocturnas o las amistades) se tomaban de puertas afuera. En el pueblo solo se quedaban los niños y los viejos; los demás íbamos y veníamos de la ciudad en una cotidianidad frenética.

Yo entendía el dialecto, pero no sabía hablarlo. Tan solo me expresaba en italiano.

S. oscilaba entre ambos idiomas con un automatismo instintivo. Cuando se cruzaba con algún conocido mientras paseábamos por las calles de su pueblo, pasaba inmediatamente del italiano al dialecto a causa de un impulso inmediato e inconsciente.

Los diez años de diferencia parecían ensancharse cada vez más. Estas distancias siderales aumentaban mi fascinación y hacían que su atractivo me resultara aún más irresistible.

(«¿Cómo coño te las arreglas para estar conmigo?», me preguntaba él de vez en cuando, todavía incrédulo. Y yo no sabía qué contestar y no podía prescindir de él.)

Hay amores que nacen por afinidad, por circunstancias favorables, por el hecho de compartir lugares y amistades, por pura atracción física, por compatibilidad estética, por ideales comunes, por un flechazo.

Nuestro amor nació como un desafío. Porque nada alrededor sugería que fuese posible. Éramos la noche y el día, por formación, extracción social, familia, educación, cultura.

Pero decidimos mandarlo todo a la mierda. Es más, mandarlo todo a la mierda nos exaltaba.

Sigo preguntándome si aquel reto era demasiado elevado, a juzgar por cómo acabó todo.

Pero en el fondo todos sabemos que la manera en que nace un amor no tiene nada que ver con la forma en que termina, porque las dos personas que se enamoraron al principio son muy distintas de las que se distancian al final.

Se ahorcó.

Aún no lo había dicho.

He necesitado veinte páginas para atreverme a escribirlo.

En el despacho corre el rumor de que el hermano de uno de los ilustradores ha intentado suicidarse. Al parecer se tiró por la ventana, pero ha sobrevivido, nadie sabe cómo.

El rumor también llega a mis oídos.

La vida de la agencia gira en torno a un núcleo de trabajadores fijos y una galaxia de colaboradores externos, un músculo que se ensancha y se encoge, contratando servicios y prescindiendo de ellos continuamente. Fotógrafos, diseñadores gráficos, ilustradores, realizadores, músicos, gente que participa en un proyecto y luego desaparece, gente que acaba convirtiéndose en una presencia fija, caras recurrentes.

Roberto es una de ellas. Un buen dibujante, de trazo poético, casi infantil, colores vivos, y gusto muy pop. Además, es muy puntual en las entregas, una cualidad tan apreciada como el talento visual cuando se trata de recurrir a colaboradores externos.

Ha venido porque tienen que encargarle una nueva campaña, pero antes de pasar a recibir instrucciones, viene directo a mi mesa.

—¿Te has enterado? —pregunta.

Le digo que sí.

Me cuenta que hacía meses que su hermano daba muestras de apatía y depresión, pero alternándolas con días en que se mostraba del todo normal.

—Nos constaba que estaba pasando por una mala época, pero nadie supo ver que era grave. Te juro que no lo parecía.

Lo dice como si tuviese que justificarse conmigo. Tenemos la misma responsabilidad, hemos malinterpretado las mismas señales. Soy tan culpable como tú, no puedo ser yo quien te absuelva. Quisiera decírselo, pero dejo que siga hablando.

Me cuenta que tuvo lugar en el pueblo. Su familia tiene un pequeño apartamento en la costa de Liguria. El hermano fue allí a pasar el fin de semana, a solas, pese a haberles dicho que estaba con un amigo. Se tiró por la ventana la noche del viernes, un par de horas después de haber llegado.

Había planeado hacerlo allí y no podía esperar (esto lo pienso yo, él no lo explicita). La fronda de un árbol amortiguó la caída. El cuerpo sufrió múltiples fracturas, el diagnóstico es grave, pero sobrevivirá.

—Estoy hecho polvo —concluye.

Ahora me toca hablar a mí.

—No, él está vivo. Y no estás hecho polvo. Estás en estado de shock. Yo sí que estoy hecho polvo, porque no puedo remediar nada. Tú aún puedes abrazarlo.

Pero es a mí a quien Roberto abraza ahora.

—Tienes razón, joder. Tienes razón —solloza en mi hombro, con la voz entrecortada.

Solo quien lo ha vivido lo comprende. Solo quien lo ha vivido lo sabe.

Justo cuando los de la ambulancia se llevan la camilla con el cuerpo de S. cubierto con una sábana, llega la primera cara amiga.

Es Sara, mi vecina.

Es psiquiatra.

Entra, se acerca, me abraza.

—Ayer estuve con él toda la tarde —dice—. No daba señales de poder hacer algo así. No te lo digo como amiga, te lo digo como profesional.

Es el primer intento de tranquilizarme: lo que ha ocurrido no era previsible y, sobre todo, no es responsabilidad mía.

En los días, semanas y meses siguientes, con formulaciones distintas, escucharé centenares de intentos de absolución semejantes.

Pocos minutos después de la llegada de Sara también aparecen dos policías. Deben de haberles llamado los de la ambulancia. O el portero. No lo sé.

Me hacen preguntas. Contesto.

Uno de los dos se fija en la pila de sobres que hay encima de la mesa.

—¿Y esto? —pregunta.

—Son las cartas que ha dejado.

El agente las coge y les echa un vistazo.

—Sabe que tenemos que requisarlas, ¿verdad?

—¡No! —digo. Pero no se lo digo a ellos. Se lo susurro a Sara. Le transmito a ella la información, para que se haga cargo. No estoy en disposición de discutir, plantar cara o implorar nadie.

Sara se hace cargo.

—Se lo ruego. Son cartas dirigidas a su esposa, a su hijo. Es lo único que ha dejado.

El agente la mira a los ojos y luego me mira a mí. En sus manos tiene jirones de destino en forma de sobres sellados. Se queda inmóvil unos segundos, hasta que la compasión humana se impone a la ética profesional. Sin decir palabra las vuelve a dejar encima de la mesa.

—Gracias —le agradece Sara.

Él hace un gesto con la cabeza y se va a la otra habitación.

No tenía ni idea de qué correspondía hacer en un caso así. Si a continuación tendría que ir a la morgue, someterme a un interrogatorio, acercarme a comisaría...

No sucederá nada, al menos a mí.

Será a su familia a la que convoquen en la morgue. Para reconocerlo, ocuparse del ataúd, llevárselo a casa (a casa de su madre, se entiende).

Yo vivía con él desde hacía siete años.

Para la ley italiana, en relación con él yo no era nada.

Yo no existía.

Cambia de casa.
Vete.
Tómate unas vacaciones.
Cambia de aires.
Haz terapia.
Pide que te receten psicofármacos.
Habla con un cura.
Hazte budista.
Llama al Teléfono de la Esperanza.

Los consejos que me dan.

Sara me aconseja que busque ayuda. Un terapeuta. Un profesional con quien hablar.

Me consigue una cita con una eminencia, un profesor suyo de quien dice haberlo aprendido todo. Su manera de hablar de él deja traslucir un respeto rayano en la adoración.

Me fío. Confío.

Acudo enseguida.

Han pasado pocos días desde el funeral, yo aún estoy en absoluto estado de shock, demasiado hundido en el abismo para elaborar hipótesis de recuperación. Buscar ayuda ahora es prematuro, si me tendieran una mano no sabría cogerla, no podría ni verla.

Y sin embargo.

Me ha citado en la clínica donde ejerce y es jefe de psiquiatría. Pregunto por él en recepción, me indican la planta y el despacho. Cojo ascensores, recorro pasillos, subo escaleras, atravieso salas. Soy un zombi funcional.

Al llegar, me encuentro su nombre escrito en la puerta de la consulta, pero él no está. Me intercepta una enfermera y me pregunta qué hago allí. Se lo explico y ella va a buscarlo.

Por la actitud expeditiva que muestra al llegar, intuyo que lo he apartado de alguna ocupación, que ha tenido que hacerme un hueco en una jornada muy llena, que debe de haberlo hecho por deferencia a mi amiga psiquiatra, su alumna.

Yo soy un favor.

Me invita a sentarme frente a la mesa de su despacho y me pregunta qué puede hacer por mí.

¿Existe una respuesta para esta pregunta?

Sí: nada. Nadie puede hacer nada.

—No lo sé, doctor —le digo.

—Sara me lo ha contado —dice él.

Es joven para ser una eminencia. Le pondría cincuenta años como mucho. Me acuerdo de que Sara me contó que él había acudido por sorpresa a su fiesta de cumpleaños, y que para ella había sido el regalo más inesperado. Una autoridad científica jovial hasta el punto de presentarse de improviso en las fiestas de sus alumnos. Lo visualizo con la camisa remangada, riendo y bebiendo cerveza. Mi subconsciente me proporciona secuencias casuales de vidas que no he vivido.

—Estoy tan mal que dudo que logre sobrevivir —digo.

Él asiente, pensativo.

—Hace falta tiempo —me dice—, pero lo cierto es que de esto se sale.

Esboza una especie de cuadro clínico de lo que estoy viviendo en el plano emocional. Sufrimiento, desconcierto, modalidades de recuperación. Es preciso y va al grano. Pone ejemplos. Plazos.

Mientras habla se me escapan un par de lágrimas, involuntarias como un estornudo.

Me dice que me iría bien recibir ayuda psicológica, pero que él no es la persona que me la puede proporcionar, que ahora mismo su agenda no se lo permite.

Entiendo por qué un alumno puede sentirse fascinado por un profesor así. Transmite autoridad y solidez sin renunciar a la cordialidad. Al mismo tiempo, el carácter práctico de su discurso me suena como una lengua extranjera.

La sesión llega a su fin, me estrecha la mano con el aire profesional de quien ha cumplido con su deber. Y lo ha hecho bien, probablemente.

No soy capaz de evaluarlo.

Al cabo de cinco minutos estoy fuera. Solo. La ciudad me envuelve con su vitalidad incomprensible e irrefrenable, aullando a mi alrededor.

Mis músculos encuentran el camino de vuelta a casa.

En los inicios de nuestra relación, S. y yo pasábamos mucho tiempo en el coche. Conduciendo de noche habíamos encontrado un edificio abandonado en el campo, a pocos kilómetros de mi pueblo. Solo quedaban unos cuantos pilares y un tejado, tal vez las paredes se habían desmoronado o la construcción había sido interrumpida. A nosotros nos daba lo mismo. Nos gustaba la idea de esta especie de catedral en el desierto, el esqueleto de una granja o de un almacén, que habíamos convertido en nuestro refugio secreto.

Nos colocábamos allí debajo y nos quedábamos en el coche, hablando durante horas.

Cuando llovía, era agradable saber que había un tejado donde guarecernos. Podíamos incluso salir del coche y seguir resguardados mientras el aguacero anegaba los campos cultivados.

Hay lugares que se convierten en parte de nuestra geografía interior.

En los años siguientes, cuando ya hacía tiempo que S. y yo vivíamos juntos, si por casualidad pasábamos en coche por allí, echábamos una ojeada a aquella ruina abandonada entre los campos y sonreíamos recordando aquellas noches.

Era inevitable que derribasen la estructura tarde o temprano, y así fue unos meses después de su muerte. Como si, al desaparecer S., aquellos escombros hubiesen perdido significado para el resto del mundo.

En realidad, me alegro de que ya no se eleve entre los campos aquel esqueleto, aquel templo destartalado que celebraba el inicio de nuestro amor.

Su demolición me preserva de la tentación del peregrinaje.

Nunca leo un libro dos veces. Al menos no en su totalidad. Regreso a algunas páginas y fragmentos cuando quiero refrescar la memoria sobre un punto específico, pero rara vez hago una relectura integral.

Este era uno de esos casos. Un autor norteamericano al que había leído de muy joven había vuelto a la palestra con nuevos títulos de éxito después de un largo hiato. Encontré su primer libro de relatos en una caja de cartón en casa de mi madre, y hojeándolo me di cuenta de que no recordaba nada, ni de qué iban los cuentos ni si me habían gustado. Había pasado demasiado tiempo. Así pues, infringí mi regla personal y decidí releerlo de cabo a rabo.

Este era el libro que llevaba conmigo en el tranvía mientras volvía a casa la tarde en que murió S. Las últimas palabras que habían entrado en mi cabeza eran las de aquellas páginas. Antes de encontrar el cadáver. Antes del estallido. Antes del vacío.

En mi subconsciente se estableció un vínculo insensato, arbitrario e inexorable entre mi tragedia personal y aquel libro. Entre el dolor atroz y el nombre de aquel autor.

Por casualidades de la vida (porque la vida es perversa, me ha quedado claro) nos conocimos al cabo de unos años. Un evento literario en el que ambos participábamos. Nos caímos bien. Intercambiamos los correos electrónicos. De vez en cuando coincidimos en algún festival. A veces me envía un saludo por correo.

Nunca le he hablado de su presencia simbólica en el peor día de mi vida. No sé cómo podría reaccionar, ni qué sentido tendría hacerle partícipe de una coincidencia tan desagradable. Prefiero ahorrárselo.

Sin embargo, cuando su nombre se cuela entre los mensajes de mi bandeja de entrada, todavía hoy se desencadena en mi interior un terremoto microscópico.

Tengo pocas fotos de S.

Hoy probablemente tendría el móvil lleno, pero estamos hablando de una época en que las cámaras de los móviles eran pésimas y por fotos uno entendía un carrete que debía revelar e imprimir en un laboratorio.

Guardo unos cuantos álbumes (vacaciones, fiestas, algunas instantáneas domésticas). Poca cosa en comparación con la cantidad industrial de imágenes que estamos acostumbrados a tener (y producir).

Sobre todo, no tengo ningún vídeo. Ninguna secuencia que reproduzca su manera de moverse, de caminar, de sonreír, de hablar.

Tampoco conservo ningún rastro sonoro de su voz.

Puede que esto les resulte inconcebible a las nuevas generaciones. Creo que otros, en mi lugar, se sentirían apesadumbrados, e incluso desesperados.

Yo, curiosamente, nunca lo he estado.

Si cierro los ojos ahora mismo lo veo con total claridad: su andar plácido, su manera de inclinar la cabeza cuando me hablaba, la mirada avispada y penetrante, las arrugas alrededor de los ojos, los labios que desaparecían cuando sonreía. Y vuelvo a oír su voz, su risa.

No echo en falta los soportes físicos. Su presencia está impresa con una técnica indeleble en mi disco duro interior.

Le odio. Le odio tanto por lo que ha hecho. ¿Cómo ha podido sumirnos en esta pesadilla? A mí, a su hijo, a su anciana madre, a su familia. ¿Cómo ha podido?

Eres un cabrón, S., un auténtico cabrón. Y un egoísta, joder.

Lo grito, solo, en casa, lo grito contra las paredes de nuestro piso. Algunas tardes. Algunas noches.

Le odio, pero al mismo tiempo siento que no puedo odiarlo. Que ya se ha castigado tanto a sí mismo que no puedo endosarle mi propia carga.

Me debato entre sentimientos encontrados, de odio y amor, de rabia y compasión, de furia y ternura, de condena y comprensión, dos fuerzas antagónicas que me machacan.

Ni siquiera puedo comprender esto. ¿Qué siento? ¿Cómo puedo pasar de un extremo a otro con tanta rapidez, a veces en el mismo momento, en el mismo pensamiento?

No vamos a la deriva en una sola dirección. Damos tumbos de un lado a otro. Nos desintegramos en todas direcciones.

En su funeral, uno de los cuatro hombres que portan el ataúd es un primo suyo. No sé quién me proporcionó esta información, mis recuerdos de aquel día son confusos y fragmentarios, el dolor ha borrado muchos de ellos. Creo recordar que S. me había hablado de este primo que vivía en su pueblo; sus casas distaban apenas cien metros. El hijo de la hermana de su madre. Aunque era unos diez años más joven, S. afirmaba que era el único de la familia que se le parecía.

No lo conocía de antes. Lo veo por primera vez en el funeral y enseguida lo reconozco, porque sí, es verdad, se parecen. De pronto esta proximidad física es la única cosa en la que logro concentrarme. No le quito el ojo de encima. Vuelvo a ver rasgos de S. en su rostro, en su mirada, en su manera de moverse. Como si una chispa de S. estuviese presente en él, aquí, a pocos pasos de mí, aún vivo.

Se apodera de mí un deseo ardiente y loco de tocarlo, de agarrarlo del brazo, de estrechar sus manos, de abrazarlo, de apartarlo de su función de portador, de alejarlo de ese ataúd.

No hago nada de eso. No me muevo.

Durante la ceremonia me descubro mirando de vez en cuando en su dirección.

Busco en sus movimientos y en sus expresiones un eco de S.

Busco un rastro de vida mientras estamos celebrando el ritual de su muerte.

Me enfrento a esta tragedia sin un dios.

Me he criado en una familia católica cuya concepción de la fe siempre ha sido muy práctica y concreta. Mi abuela era voluntaria en las obras de la iglesia, mi abuelo iba a hacer las reparaciones necesarias cuando en la parroquia se estropeaba algo. Tanto el hermano como la hermana de mi padre tomaron los hábitos y durante años fueron misioneros en las regiones más pobres de África central.

Creer, para nosotros, equivalía a hacer. Se traducía en acciones, no en conceptos abstractos y distantes. No en estatuillas piadosas a las que rezar los domingos por la mañana y poco más.

He tenido ejemplos excelentes, pero no ha sido suficiente.

En un momento dado dejé de creer. No sabría decir cuándo, en un intervalo confuso entre la adolescencia y la edad adulta. Me di cuenta de que esa convicción a la que llamamos fe ya no anidaba en mí.

Tomé nota.

La tragedia no me ha devuelto a Dios, el dolor no me ha convertido en un hipócrita.

A menudo me he preguntado en qué medida esta falta de fe hizo que aquel momento fuese más difícil para mí.

No tenía ningún dios al que invocar, pero tampoco tenía ninguno al que dirigir toda mi rabia.

En ambos casos, no sé si se trataba de una ganancia o una pérdida.

Cuando eres víctima de una tragedia de tal magnitud, lo único que quieres es acabar con todo. Alejarte de todo y de todos, poner fin a la agonía de un solo golpe. Y eso es precisamente lo único que no puedes hacer.

Porque has visto lo que provoca en los demás, los daños emocionales que causa. Jamás podrías infligir a tus seres queridos el infierno que estás viviendo ahora.

Una contradicción perfecta, de una crueldad sublime.

Según las estadísticas, cada cuarenta segundos hay un caso de suicidio en el mundo.

Cada año, más de un millón de personas se quitan la vida (una cifra superior tanto a la de víctimas de homicidio como a las de guerra).

Se cree que los intentos fallidos multiplican por diez esa cifra.

Solo en Italia, se suicidan en promedio unas cuatro mil personas al año.

La Organización Mundial de la Salud ha clasificado el suicidio como la duodécima causa de muerte en el mundo.

Si acotamos el foco a las personas de entre quince y cuarenta y cuatro años, el suicidio ocupa la tercera posición.

Estadísticamente, las mujeres presentan un número mayor de intentos fallidos, mientras que el número de suicidios exitosos es mayor en los hombres.

Todo apunta a que estas cifras se quedan cortas: el estigma social y el tabú que impiden hablar abiertamente de este tema hacen que la información disponible sea de escasa calidad. Es probable que muchos suicidios sean catalogados (por error o adrede) como muertes de signo distinto.

Aun así, ¿por qué, pese a todos estos datos y evidencias mundiales, los que sobreviven al suicidio de un ser querido siguen sintiendo desesperadamente que son los únicos que han vivido esa tragedia?

En concreto, ¿por qué sigo sintiéndolo yo?

Sea o no consciente de ello, la persona que se suicida te arrastra consigo. Aquel día los dos os lanzasteis al vacío, y aunque nada pudo hacerse por el otro cuerpo, el tuyo ha sobrevivido sin un rasguño. Es tu espíritu el que ha quedado magullado.

Cada cual a su manera, ninguno de los dos salió indemne.

Nunca te has sentido tan solo.

Nunca has estado tan solo como ahora.

Entre las numerosas y arbitrarias locuras de las semanas inmediatamente posteriores a la muerte de S., también hay confesiones a tumba abierta dirigidas a las personas equivocadas, víctimas del azar.

Incapaz de contenerme, me descubro contándole lo que me ha ocurrido a gente casi desconocida. Personas que tras un banal «¿Cómo estás?» reciben una respuesta que los deja descolocados, haciendo muecas mientras buscan una reacción aceptable.

También escribo un par de cartas. A una amiga con la que hace tiempo que no hablo y a un profesor norteamericano con el que estoy en contacto por un proyecto editorial. A los dos les escribo informes largos y detallados, uno en italiano y el otro en inglés, contándoles lo que estoy viviendo.

No sé por qué he elegido desahogarme con ellos precisamente, pues en este periodo de tiempo he recibido mensajes de otras personas. En el caso de mi amiga puede que exista una vaga motivación ligada a la confianza de antaño, pero en el del profesor no hay ningún motivo plausible. Cegado por el dolor, simplemente no soy capaz de distinguir entre lo sensato y lo inoportuno, entre el confidente y el extraño. En el momento me parece normal abrirme con ellos. Solo al cabo de unos meses pienso en ello con un desconcierto absoluto. No hace falta decir que el profesor no me responde y que no volveré a tener noticias suyas.

La amiga me confiesa, cuando nos vemos al cabo de mucho tiempo, que la carta la sacudió hasta el punto de no saber cómo reaccionar.

En cierto modo, ambos son víctimas accidentales de esta situación. Por lo demás, todas las explosiones hieren al azar.

Yo ya había intentado dejar a S. al principio de nuestra historia.

Hacía unas cuantas semanas que salíamos y ninguno de los dos había intentado definir la relación, ponerle una etiqueta, un nombre.

Nuestras diferencias trazaban más distancias que áreas de contacto. Me divertía salir con él, pero...

¿Era curiosidad? ¿Una atracción magnética entre polos opuestos?

Fuese lo que fuera, en mi fuero interno temía que se agotase enseguida, así que una noche intenté anticiparme a un final que me parecía inevitable e inminente.

Le dije que quizá no tenía mucho sentido seguir de esa manera. Creía con toda sinceridad que también estaba expresando sus pensamientos, poniendo sobre la mesa un asunto que estábamos postergando.

Lo que no me esperaba, y en cambio él propició, fue el vuelco que sufrieron mis convicciones, la reanudación del partido.

Me confesó que estaba enamorado de mí.

Y así fue como cambiaron las cosas entre nosotros.

Un fin de semana en la montaña, cerca de la frontera suiza, S. y yo hemos ido a visitar a un amigo. Nieva, hace frío y ninguno de los dos esquía, pero disfrutamos de la atmósfera de postal de invierno, de los paseos con botas, de algún descenso en trineo para echarnos unas risas, de las noches regadas con *vin brulé* frente a la chimenea con la gente del lugar.

El amigo que nos acoge posee una pequeña cabaña en las afueras del pueblo. Tenemos de todo: una estufa, una pequeña cocina, una cama de matrimonio en el altillo. No hay baño. «Tendréis que usar el bosque», nos ha comentado entre risas.

La primera noche nos acostamos tarde, vencidos por el cansancio y el alcohol. Nos dormimos al instante.

En un momento dado, en plena noche, noto que S. se levanta.

—¿Adónde vas?

—Salgo a mear —dice.

Estamos en diciembre. De día hace un frío que pela, así que figurémonos ahora.

—No puedes salir así. Ponte algo.

Tanto en verano como en pleno invierno, S. duerme completamente desnudo.

—No tardo nada —se justifica al salir.

Me quedo esperando a que vuelva. Pasa un minuto, pasan dos. Me pregunto qué estará haciendo. ¿Por qué tarda tanto? Empiezo a preocuparme. ¿Es posible que se haya quedado tieso ahí afuera, con este frío? Cuando estoy a punto de levantarme, oigo el chirrido de la puerta y sus pasos en los peldaños de madera del altillo.

S. sube agarrotado.

—¿Por qué has tardado tanto?

Él suelta una risita culpable.

—He aprovechado para fumarme un cigarrillo.

—¿Te has vuelto loco?

A él le divierte su bravuconada, y se desliza bajo las sábanas con una mirada inequívoca: ya sabe qué va a hacer para entrar en calor. Al cabo de un instante lo tengo encima, quitándome el pijama.

Está helado y yo, obviamente, me derrito.

Mis recuerdos con S. abarcan siete años de vida en común. Las mudanzas de un piso a otro, las vacaciones, los trayectos en coche, las noches en el sofá viendo la televisión, nuestras cenas en la mesa microscópica del balcón... Una avalancha de minucias que ahora me parecen igual de preciosas y dolorosamente irrecuperables.

Entre los recuerdos también está el sexo, naturalmente. Estábamos muy enamorados y sentíamos un deseo desenfrenado el uno por el otro. En los primeros tiempos no podíamos quitarnos las manos de encima. En mi subconsciente, a través de los sueños, empezaron a aflorar fragmentos de aquellas escenas.

Me despertaba alterado y confuso: la imagen vívida de nosotros dos abrazados, haciendo el amor, me consolaba y me trasladaba a momentos felices y de gran armonía, pero al mismo tiempo me turbaba muchísimo haber evocado el sexo con una persona que había muerto hacía poco.

S. estaba muerto y mi cuerpo aún lo deseaba.

Pero ¿era realmente físico aquel deseo?

No lo sabía, y comprendí que me daba lo mismo. También empecé a aceptar esto: que rememorar el sexo con él era otra manera de mantener vivo su recuerdo.

Descubrí que en estas circunstancias muchas barreras pueden saltar como fichas de dominó tras un puñetazo en la mesa.

Estaba demasiado mal para plantearme dilemas morales.

Empecé a masturbarme pensando en él.

Seguía sintiendo atracción sexual por un cuerpo que había acompañado al mío durante años y que ahora se estaba pudriendo en un nicho.

Estoy enfermo, me decía. No soy normal.

Pero me importaba una mierda.

Seguí haciéndolo.

Durante esos breves instantes aún estábamos juntos, dos cuerpos que se unen y se penetran, que se funden en uno solo.

A veces lloraba mientras me corría.

Descubro que soy un superviviente. No en un sentido amplio, sino en términos técnicos. A los allegados de los suicidas se los denomina «supervivientes».

Como los supervivientes de un naufragio, de un terremoto, de una guerra, de un accidente de tráfico, de una explosión. Como aquellos a los que les ha tocado conservar la vida y seguir adelante cuando todo lo que les rodeaba se ha esfumado.

Superviviente. A pesar de todo. A pesar de esto.

Apenas treinta y ocho países en todo el mundo disponen de programas de prevención del suicidio. En los demás se sigue ignorando el problema.

Por cada suicidio exitoso se calcula que hay entre seis y diez supervivientes (padres, hijos, esposas, maridos, amistades): miles de personas que cada año se hunden en un abismo de dolor y confusión extremos.

Según la American Psychiatric Association, la pérdida de un familiar por suicidio es distinta a cualquier otro tipo de duelo, y es un acontecimiento catastrófico comparable a la experiencia en un campo de concentración.

Actualmente no existen protocolos científicos específicos para ofrecer ayuda y asistencia a los *survivors*.

Mi bisabuelo Dorino, de la quinta de 1888, decía que había participado en todas las grandes batallas de la Primera Guerra Mundial. Con toda seguridad, protagonizó al menos dos conquistas históricas: la batalla del Carso y la del Mont Saint-Michel.

Soldado raso de infantería, contaba incrédulo cómo había presenciado la muerte, heridas y mutilación de decenas de conmilitones durante los combates, pero que él había salido completamente ileso. Ni un rasguño ni un arañazo de proyectil. Nada.

Sacaba esta historia a colación cada vez que celebrábamos la Navidad en familia, cuando ya llevaba unas copas. Se emocionaba recordando a los amigos caídos en combate y no acababa de creerse su propio destino milagroso.

Con todo, el episodio más asombroso lo había vivido después de las batallas del Carso y de Saint-Michel, cuando enviaron al batallón entero a Albania. A raíz de los éxitos que también cosechó en este campo, la tropa había obtenido un permiso extraordinario para volver a casa unos cuantos días. Así pues, en el puerto de Vlorë se embarcó en una nave con destino a Italia, pero cuando se disponían a zarpar llegó un grupo de oficiales y, para dejar sitio a los de mayor rango, obligaron a desembarcar a algunos soldados rasos. Entre ellos estaba Dorino. Sus airadas protestas ante esta injusta y repentina sustitución cayeron en saco roto.

Sin embargo, poco después de levar anclas la embarcación fue torpedeada y hundida por la flota enemiga y todos los pasajeros murieron en el ataque.

Una vez más, la suerte estuvo de su lado, y de la manera más teatral que quepa imaginar.

Aunque yo era muy pequeño, recuerdo al bisabuelo contando estas historias, tratando de contener la emoción, aunque yo tardaría unos cuantos años en comprender su verdadero significado.

También tuve tiempo de reflexionar sobre sus relatos y su suerte inexplicable.

Quizá está inscrito en mi ADN: estoy destinado a sobrevivir.

Es una marca hereditaria que corre por las venas de mi familia.

Como mi bisabuelo Dorino, que repetía su increíble historia a quien quisiese escucharla, he sobrevivido a una guerra, porque mi misión es contarla.

Ahora he conocido el verdadero sufrimiento.
Y he sobrevivido. [...] He tocado fondo. Y sobrevivo.

SUSAN SONTAG, *La conciencia uncida a la carne*

Mi vida está llena de música.

Escucho música desde que era un niño, en una familia en la que no había afición. A fuerza de insistir logré que entrara en casa un equipo de estéreo compacto, cuando yo aún era muy joven, y gracias a mí también llegaron los primeros vinilos. (La primera vez que le pedí a mi madre que me comprara un disco fue uno de Rino Gaetano de cuarenta y cinco revoluciones: no es un mal inicio para un melómano que acababa de cumplir diez años.)

Compré discos con las primeras pagas que me daban mis padres, ahorrando durante semanas hasta alcanzar el monto suficiente para comprar un álbum. Luego, cuando empecé a cobrar mis primeros sueldos, pude dar rienda suelta a mi melomanía.

Esos discos me han acompañado de casa en casa a lo largo de los años y las mudanzas. Hoy los vinilos ocupan una librería en la entrada del piso y una estantería situada detrás del sofá, mientras que la balda que abarca de un extremo a otro un lado del pasillo está destinada a los CD. A estas alturas hay centenares de discos; nunca los he contado y nunca he dejado de añadir nuevas adquisiciones.

Consumo música a un ritmo constante, desde siempre.

Escucho música mientras trabajo, mientras conduzco, mientras cocino y mientras como, mientras me ducho por la mañana.

Me he dedicado a la música, he escrito artículos sobre el tema, he trabajado con músicos. Soy incapaz de tocar un instrumento, tengo una voz horrorosa, nunca podría ser músico ni cantante, pero estoy impregnado de música. Una auténtica pasión.

Solo hubo una ocasión en que dejé de escuchar música unos días: después de la muerte de S.

Durante semanas estuve sumido en un vacío sideral en el que parecía incluso que me silbaran los oídos, como después de un gran estrépito. La variante doméstica de una explosión nuclear.

La música me molestaba físicamente, escucharla no me procuraba ninguna alegría (o sentido, o consuelo, o alivio, o). Había dejado de tener significado. Como todo lo demás, dicho sea de paso.

Más tarde me reencontré con la música, gradualmente, como quien aprende de nuevo a caminar. Pasito a pasito.

Empiezo a creer que veo a S. en todas partes.

Un rostro entre la multitud, un hombre que sube a la carrera las escaleras del metro, una cara tras la ventanilla del autobús, un cliente entrevisto a través del escaparate de una tienda, alguien que cruza una plaza.

A veces se trata de un parecido físico real, de hombres de unos cuarenta y cinco años, afeitados, vistos al pasar. Otras veces es un detalle: alguien que lleva el mismo plumífero verde o viste una gorra de béisbol del revés. Y a veces no hay ninguna relación: estoy convencido de haberlo visto, luego me fijo mejor y resulta que es un tipo cualquiera que físicamente no se le parece. Soy yo el que proyecta sus huellas por doquier.

He llegado al extremo de identificar su figura en alguien que camina delante de mí. Esa es su nuca, me digo. Son sus hombros. Los tejanos. La forma de andar. Entonces aprieto el paso, me acerco, lo adelanto y me doy la vuelta para verlo. No es él, ni siquiera se le parece, cómo iba a ser él, lo sabía perfectamente antes de apretar el paso, antes de volverme para comprobarlo.

¿A quién quiero engatusar?

¿A quién pretendo engañar?

Sin embargo, en estos momentos de estupidez, durante los instantes en que conservo la ilusión de tenerlo a pocos pasos de distancia, de que aún vive, de que estoy a punto de volver a encontrarme con él, en el segundo previo al desengaño: en este espacio microscópico de esperanza vuelvo a estar bien.

Un destello de serenidad antes de hundirme en las tinieblas.

Lo que busca el superviviente no es la remisión del dolor, porque sabe que es imposible. Ante todo, anhela una tregua, reza por un breve armisticio.

Unos minutos con la cabeza por encima de la superficie del agua, volver a respirar a pleno pulmón antes de sumergirse de nuevo en una apnea sempiterna.

Empiezo a ir a terapia.

Una psicóloga que me han recomendado. (En estas circunstancias, la ayuda te llega por las vías más diversas: hay quien se ofrece a pasar la noche contigo para que no tengas que dormir solo, quien te trae regalos, quien viene a prepararte la comida y quien te sugiere la mejor psicoterapeuta.)

Me alegro de que sea una mujer, pues sin ser consciente de ello la considero más comprensiva, más acogedora.

Solo tiene diez años más que yo, lleva el pelo corto y unas gafas que se quita de vez en cuando, dejándolas en la mesita que nos separa.

En la primera sesión le cuento por qué he ido a verla. Ella casi no abre la boca, yo en cambio soy un río desbordado, trato de proporcionarle la mayor cantidad posible de información, como en un interrogatorio cuyas preguntas conozco sin que nadie tenga que hacérmelas.

En la siguiente sesión me confiesa que cuando salí de la consulta rompió a llorar, conmocionada por mi vivencia y mi sufrimiento.

Me sorprende que se abra de esta manera. Puede que esté traicionando la ética profesional, no creo que haya que compartir este tipo de reacciones con el paciente, pero le agradezco que me haya hecho partícipe de su empatía. Me parece una prueba más de que es la persona indicada para comprenderme, para escucharme, para ayudarme.

No será así.

A lo largo de los meses siguientes, primero en citas semanales y luego quincenales, me quedo atrapado en un bucle, rememorando una y otra vez las mismas situaciones, la misma escena.

Le cuento cómo transcurrió la tarde del suicidio, mi regreso a casa, la mano que toca el cadáver en la penumbra. Le hablo de los días siguientes. Le hablo del funeral. Cuento siempre las mismas cosas, como una gota que abre un surco, insistiendo sin parar, sobre todo en la tarde del suicidio. Evoco detalles que quizá había pasado por alto en las sesiones anteriores, detalles que acumulo en busca de significados. Como si tuviera la necesidad irreprimible de volver al mismo lugar, al mismo momento, y revivir la escena una y otra vez de la manera más precisa posible. Como si nunca fuera a cansarme.

No lloro. Hablo y hablo sin parar, sin emocionarme en absoluto.

Me recreo en minucias, como un sádico que se entretiene repasando sus heridas abiertas con un cuchillo, y no se me escapa ni una lágrima.

Percibo su esfuerzo por llegar a mis emociones, por lograr que las *exprese* en vez de disecarlas. Comprendo que hay algo encallado en el mecanismo, que se mueve en círculos, como un espectáculo que se repite una y otra vez.

Las primeras veces espero la cita con la terapeuta casi con trepidación. Saber que existe ese momento me conforta a lo largo de la semana y a veces parece proporcionarme un objetivo. Salgo de las sesiones como si me hubieran vaciado, pero en cierto modo más ligero.

Con el paso del tiempo se convierte en algo mecánico. Un ritual. Un compromiso. La sensación de ligereza al salir se vuelve mínima, imperceptible.

Una tarde, al final de la enésima sesión, sin haberlo previsto, me descubro preguntándole:

—No tiene sentido continuar, ¿verdad?

Ella tendrá la honestidad de admitirlo:

—No, no lo creo.

Unos días después de volver a vivir en el piso yo solo, mi madre viene a verme.

En el ascensor hay dos señoras charlando.

—¿Te has enterado de la tragedia?

—¿Del que se ha matado? Sí, estoy al corriente.

—¿Y el otro?

Mi madre no puede aguantarse:

—El otro es mi hijo —dice.

No lo hace para defenderme.

No lo hace para interferir en la conversación.

No lo hace para incomodarlas.

Lo hace por miedo a lo que habrían podido decir las dos mujeres en su presencia. Sea lo que sea.

En efecto, las dos señoras se quedan petrificadas.

Se abren las puertas.

Mi madre sale.

Yo soy el otro. El que se queda.

¿Qué dirá la gente de mí?

Como mi madre, yo tampoco quiero saberlo.

Por lo demás, los ascensores propician intimidades imprevistas.

Una mañana, al llegar a la agencia, coincido en el ascensor con un director de arte que lleva unas semanas con nosotros y con el que apenas tengo confianza. Mientras subimos permanecemos callados, clavando la mirada en las puertas cerradas del habitáculo. Sin mirarme, decide romper el silencio:

—Supongo que no lo sabes, porque hace poco que nos conocemos, pero yo soy muy religioso. Durante estos días he rezado mucho por ti.

Me lo confía como si estuviera informándome.

—Gracias —contesto.

—No puedo ni imaginar lo que significa soportar lo que tienes que afrontar tú —concluye. Luego, con una sonrisa tibia, sale del ascensor.

El drama me ha hecho famoso. Mis compañeros de trabajo me dedican pensamientos y rezos. Ven mi abismo y comprenden el privilegio de habérselo ahorrado, la suerte de que no les haya tocado a ellos.

Recibo una llamada.

Es de un escritor al que conozco. No puedo decir que seamos amigos, porque no solemos vernos, pero es un autor al que admiro desde siempre y me honra tratarlo en persona. Él lo sabe. Se lo confesé el día que lo conocí, en la presentación de una novela suya a la que asistí con una mochila repleta de sus obras anteriores, para que me las dedicara.

Han pasado quizá tres o cuatro semanas desde la muerte de S. y él acaba de enterarse (no sé cómo).

Me pregunta cómo estoy. Me demuestra su afecto y su empatía. Hablamos de cosas sencillas, dejando que los significados profundos queden entre líneas.

Hasta que, sin venir a cuento, me pregunta:

—¿Estás tomando apuntes?

Si alguien hubiera escuchado nuestra conversación, se habría quedado de una pieza al oír esta pregunta, que en apariencia era del todo ajena al tema que nos ocupaba. ¿Qué apuntes? ¿Sobre qué?

Pero yo entiendo perfectamente a qué se refiere. El foco de la conversación se ha desplazado a otro lugar.

—No —le confieso.

—Hazlo.

—Pero...

—Tarde o temprano escribirás sobre este momento. Aunque ahora el mero hecho de pensarlo te parezca absurdo, en el fondo sabes que pasará. Somos escritores. Escribir es nuestra manera de elaborar las experiencias, de enfrentarnos a la vida.

De todas las llamadas que recibí en aquellos días, esta es la que recuerdo con mayor nitidez. Porque procedía de una persona distante pero presente. Porque no buscaba consolarme, sabiéndome inconsolable. Porque no empleó fórmulas hipócritas o eufemismos. Porque, en la oscuridad total en la que yo me había precipitado, me recordó en qué dirección tendría que buscar, algún día, el camino para salir a flote.

Dos semanas antes de que se quitara la vida, fui a ver a su hermana. Ella era la única persona de su familia con la que S. tenía una relación normal. Con sus dos hermanos no se veía ni se llamaba nunca. Ni siquiera los mencionaba, como si no existieran. Cuando aún estaba casado, de vez en cuando se veían con sus respectivas familias, en fiestas de guardar. La separación y la decisión de irse a vivir por su cuenta (primero) y conmigo (después) lo habían convertido a sus ojos en un extraño y lo habían expulsado de su radar. S. había reaccionado excluyéndolos del suyo.

La hermana era harina de otro costal. Entre ellos había un vínculo significativo. En un par de ocasiones hasta nos había invitado a cenar. Era madre soltera, se había separado y tenía dos adolescentes a los que había que educar y atar en corto.

Me resultaba extraño ver a S. en el papel de tío. Cada vez, al principio, los chicos lo miraban con cierta suspicacia, pero en el transcurso de la velada su reticencia disminuía y volvía a reinar la camaradería de siempre. Por lo demás, yo entendía sus reservas; no debe de ser fácil, en un momento tan delicado del desarrollo hormonal, ver a tu tío pasar del papel de padre de familia al de un homosexual que vive con otro hombre. Y menos a alguien como él, que era la viva estampa de la virilidad. Debían de estar hechos un lío, al menos en los primeros tiempos, pero luego lo superaron, entre otras cosas porque S. era a todas luces su tío favorito, el simpático, el que se comportaba como un payaso y los retaba a hacer carreras estúpidas en el patio, el que les daba cerveza a escondidas, les contaba chistes verdes y los llevaba a dar vueltas en moto. A juzgar por cómo hablaban de él estaba claro que no había punto de comparación con los otros dos tíos, a los que directamente tildaban de gilipollas (parecer que yo compartía plenamente, pese a que no los conocía).

Era la primera vez que iba a casa de Elena sin S.

A decir verdad, ni siquiera sabía dónde estaba él aquella noche. En un primer momento, después de separarnos, S. había vuelto a vivir en casa de su madre, pero al cabo de un tiempo descubrí que no era su domicilio fijo. A menudo dormía fuera, en casa de amigos o quizá incluso de desconocidos que ligaban con él en bares. Un par de veces me enteré de que había dormido en el coche. Señales, todas ellas, de un desasosiego palmario.

Si decidí ir a ver a Elena fue porque esta situación me preocupaba. Cuando hablábamos por teléfono, S. pasaba de un tono conciliador a los gritos y los insultos. Eran las típicas llamadas de dos personas que se están separando: un amasijo de odio, resentimiento, afecto, deseos de reconciliación y ganas de cortar de una vez por todas, la necesidad de endilgarle al otro todas las culpas, el afán gratuito de herir. Todos los ingredientes entraban en la norma. Excepto uno: la amenaza de suicidio.

La primera vez que dijo algo al respecto fue por teléfono y yo me reí. ¿Puedes hacer el favor de no decir chorradas? Me lo tomé como una de sus bravuconadas. Hasta que volvió a amenazarme en una llamada posterior. Yo me mantenía firme, «A mí no me la cuelas», pero una punta de inquietud empezaba a abrirse paso.

Por eso fui a cenar a casa de Elena solo, sin S. y sin los chicos, que habían ido a un partido de fútbol como espectadores o jugadores, no lo había preguntado.

—Está montando un numerito.

Su hermana sorbía tranquilamente el café, demostrando una serenidad absoluta sobre el particular.

Yo había esperado hasta el final de la cena para sacar el tema y revelarle mis temores. Ella, como yo la primera vez, se lo había tomado a broma.

—Nunca se ha atrevido a soltarme algo así. Sabe que yo no le bailaría el agua.

—No se trata de bailarle el agua. Yo también le digo que se deje de gilipolleces, que nadie se lo va a tomar en serio, pero luego, cuando cuelgo, pienso: ¿y si es un grito de auxilio?

—A ver, yo creo que solo pretende que volváis a estar juntos.

—No, créeme. Hemos pasado dos años de tira y afloja, pero esta vez no hay vuelta atrás. Se acabó, y los dos lo tenemos claro.

—Bah, si tú lo dices...

—Y este es precisamente el motivo por el cual yo no soy la persona indicada para acompañarlo en este trance. Si ni siquiera conseguimos acabar una llamada sin ponernos de vuelta y media está claro que no podemos apoyarnos mutuamente. Con el tiempo supongo que lograremos volver a hablar en términos civilizados, quizá acabemos siendo amigos, no lo sé, eso espero, pero actualmente cualquier tontería basta para tirarnos a la yugular del otro. Tú, en cambio...

—¿Yo qué?

—Podrías estar más presente, tratar de averiguar adónde va por las noches, estar pendiente de que no haga tonterías...

Elena había hecho un mohín de fastidio, se había levantado y había recogido las tazas vacías para ir a dejarlas en el fregadero. Me pareció que se había tomado ese tiempo para elaborar una respuesta:

—Escúchame, yo ya tengo mis propios problemas, no tengo tiempo de ocuparme de vuestros líos. Mi hermano se ha tomado todas las libertades que ha querido en la vida y es perfectamente capaz de apañárselas él solito. No es un niño, al contrario, es capaz de destruir una familia para hacer lo que le viene en gana, pasando por encima de todo y de todos. ¿Y ahora está mal? Pobrecillo. ¿Sabes cuánta gente lo ha pasado fatal por su culpa?

El tono de la conversación había dado un bandazo, se había vuelto casi acusatorio. S. no había dejado a su mujer para estar conmigo. Se habían divorciado como mínimo tres años antes de que nos conociéramos, pero ahora eso parecía un detalle irrelevante. Aunque había tenido múltiples aventuras antes de conocerme, yo había sido el primer y único hombre con el que había decidido convivir. Mi culpa consistía en haber vuelto inequívoca una condición que, hasta entonces, se podía escamotear o fingir ignorar.

Elena era la única de la familia con quien yo tenía una relación real; hablábamos a menudo, nos tratábamos con cariño y se me hizo extraño oírla expresarse en tales términos. Debía de estar tensa e incluso harta de esta historia. Ahora yo no sabía cómo reaccionar a su cambio de tono, a su hostilidad repentina (tú te lo has buscado, así que ahora arréglatelas como puedas).

—¿Y si pasa algo grave? —acerté a preguntar.

—Pero ¿qué quieres que pase? Solo quería asustarte, y por lo visto lo ha conseguido.

Entonces volvió a reír, pero era una risa forzada, enturbiada por su reciente arranque de exasperación e intolerancia.

Quizá tenga razón, pensé. Quizá S. solamente se está comportando como un egoísta y su hermana está tan harta como yo de sus locuras. Es normal que acabe por estallar y diga estas cosas.

Y así la rabia momentánea remitió.

En la puerta nos abrazamos y nos despedimos con el cariño de siempre.

Qué estúpido eres, me dije en el coche. S. te toma el pelo como de costumbre y has vuelto a picar, me dije. Deja de hacerle caso, me dije.

El último año de convivencia había sido un calvario.

Quien haya vivido el final de una intensa historia de amor sabe cuán doloroso, desconcertante, destructivo y desgarrador puede llegar a ser. No hace falta que le explique nada.

Durante aquellos meses, S. y yo seguíamos conviviendo y haciéndonos daño, incapaces de romper definitivamente.

Discutíamos sin cesar, con violencia, por tonterías. Era como estar en constante equilibrio sobre un alambre cuando basta un solo paso en falso para precipitarse al vacío. Los gritos, las recriminaciones. No nos soportábamos más.

Recuerdo que una noche, después de la enésima pelotera, S. se había largado. Me fui a la cama sin esperarlo. Volvió de madrugada. Yo me desperté y acto seguido discutimos otra vez. Le pregunté dónde había estado hasta tan tarde, y con quién. Él insistía en que solo había ido a dar una vuelta en coche para aclararse las ideas. Luego empezó a desnudarse con ademanes furiosos; yo estaba sentado en la cama mientras él, de pie, se quitaba la camiseta, los zapatos, los calcetines, los tejanos y los calzoncillos antes de plantarse frente a mí totalmente desnudo y ordenarme que lo tocara y lo oliera. Todo para demostrarme que no había hecho nada, que no olía a sexo, a otra persona.

Una compañera de trabajo, Maria Teresa, me invita a comer. Ella también conocía a S. Le había encargado un trabajito de pintura en su casa, se habían tratado muy poco.

Me lleva a un restaurante detrás de la oficina. Nos sentamos a una mesa en una zona ligeramente apartada. El comedor propiamente dicho está en la parte de atrás, cerca de la entrada del local hay cuatro mesitas que la gente elige solo cuando están ocupadas las de la sala grande.

Empezamos a comer y yo le cuento lo que ha pasado. Ya se ha convertido en un guion que recito de memoria. Es algo casi mecánico. Después aflora la emoción. Dejo de comer, dejo de hablar. Me echo a llorar. Maria Teresa me coge la mano. A ella también le brillan los ojos.

En la mesa de al lado hay un hombre que come solo. Un profesional con americana y corbata, probablemente un empleado de alguno de los bancos que proliferan en este barrio, o una especie de ejecutivo. Tendrá unos cuarenta años. Entradas en el pelo. Se da cuenta de que estoy llorando. Levanta la vista del plato y me mira. No es una mirada casual, me observa fijamente. Un hombre que llora en público: la escena debe de antojársele embarazosa y ridícula. A mí, como es natural, me da lo mismo. Estoy más allá del bien y del mal, de las opiniones ajenas, del decoro, de los criterios que sancionan determinados comportamientos como idóneos o no en la vida en sociedad. Ahora mismo soy puro sufrimiento. Llorar me representa y me identifica. Las reglas del mundo ya no van conmigo. ¿Quiere mirar? Que mire.

Su media sonrisa desaparece. Ya no me encuentra divertido, ahora siente curiosidad. Quiere comprender por qué estoy llorando. No me quita los ojos de encima, mis lágrimas lo entretienen: por la noche cena frente a la televisión, hoy almuerza frente a mi dolor.

No se corta un pelo; yo estoy ofreciendo un espectáculo patético y él está decidido a disfrutarlo hasta el final.

Maria Teresa también ha dejado de comer. Hay conversaciones que quitan el apetito. Me propone que salgamos. Yo acepto para seguirle la corriente, no porque me apetezca. Puestos a llorar, tanto da un lugar que otro.

Mientras me levanto, clavo los ojos en mi espectador. Ni siquiera la confrontación directa lo intimida. Sigue mirándome sin pudor.

Ya en la calle, me vuelvo una última vez hacia el interior del restaurante. Él sigue ahí, siguiéndome con la mirada: no puede creerse que yo tenga la desfachatez de llorar incluso en la calle.

Se colgó de una tubería que pasaba por encima de la puerta principal.

Cuando volví a casa aquella noche alargué la mano en la oscuridad para buscar el interruptor de la luz y me topé con su cuerpo suspendido en el aire.

Percibí la tragedia con el tacto antes que con los otros sentidos.

Mi mente tardó unos segundos en procesar la información.

Mi voz también necesitó un tiempo. Intenté gritar, pero me faltaba el aliento, no emitía sonido alguno.

Respiré a fondo varias veces antes de ser capaz de proferir un grito de verdad.

Prefirieron no contarle la verdad a su madre. Tenía más de ochenta años, y la noticia de que su hijo se había suicidado podría tener consecuencias emocionales desastrosas. La versión oficial era que había sufrido un infarto.

—Un hombre tan fuerte, tan sano —repetía desconsolada e incrédula el día del funeral.

Todos asentían, siguiéndole la corriente e interpretando un papel. Aquellas palabras, que los demás juzgaban el comentario ingenuo de una madre que no sabía la verdad, a mí no me parecían tan desacertadas. A su manera eran otra forma de verdad, porque S. estaba sano y era fuerte, y eso hacía que su gesto resultara aún más terrible. Una renuncia a la vida justo cuando su cuerpo exudaba vitalidad por los cuatro costados.

S. rebosaba vitalidad.

No se estaba quieto, se pasaba el día en la calle, pegaba la hebra con cualquiera, conocía a todo el mundo.

Un verano fuimos de vacaciones a un pueblecito de la costa española. El tercer día, cuando volvíamos de la playa a última hora de la tarde, saludaba a la gente por la calle. Al dueño del estanco, al panadero, al quiosquero. S. no hablaba español, ni inglés, ni ningún otro idioma extranjero.

—¿Cómo te las has arreglado para conocer a tanta gente en tan solo dos días, sin saber su idioma?

S. se encogía de hombros.

—Logro comunicarme igualmente.

Una mañana entramos juntos en un vagón de metro atestado. Al cabo de cinco segundos me di la vuelta y él ya estaba hablando con un desconocido.

—Ahora explícame cómo te las ingenias para romper el hielo tan deprisa —le pregunté más tarde.

—Ha sido él —se justificó—. Gracias al tatuaje que llevo en el brazo se ha dado cuenta de que hicimos la mili en el mismo regimiento y me ha saludado.

Incluso cuando callaba, S. atraía las miradas y los comentarios de los desconocidos.

Era el perejil de todas las salsas.

Hay un antes y un después del dolor.

Antes, yo era otra persona.

Y siempre albergaré la duda de si mi verdadero yo era aquel chico despreocupado de entonces o el adulto retraído en el que me he convertido.

Después de una larga etapa en la agencia de publicidad, mi vida laboral ha estado marcada por cambios continuos. He colaborado con toda clase de empresas: periódicos, radios, editoriales, productoras audiovisuales, canales de televisión y escuelas de escritura.

El tiempo pasaba y yo entraba en contacto con nuevas realidades profesionales y compañeros siempre distintos.

La precariedad creativa comporta el esfuerzo de empezar de cero en cada etapa, pero también permite reinventarse continuamente. Una serpiente que muda la piel cada vez. Yo era una persona distinta y la gente que me rodeaba no podía saber cómo había sido antes. No hablaba con nadie de mi pasado, de lo que me había ocurrido, de S. Vivía solo en función del presente, de mi nueva fachada.

Con el paso del tiempo el dolor se hizo cada vez más íntimo, más personal, un secreto custodiado en los recovecos de mi alma. Como el eco de una tortura, como un oscuro tesoro. Con el paso del tiempo se volvía más mío, exclusivamente mío.

El dolor es un lugar que nadie conoce hasta que llega a él.

JOAN DIDION, *El año del pensamiento mágico*

Empleo continuamente el término «dolor», pero sé que es impropio, porque solo refleja parcialmente lo que se siente.

Junto al sufrimiento había una sensación constante de desapego de la realidad, como si entre el mundo y yo hubiera un cristal, una distancia sutil pero concreta que me convertía en un espectador externo. Como si estuviera permanentemente en otra parte, en un lugar donde no había estado nunca, un abismo personal e inalcanzable.

Sentía una especie de omnipotencia invertida: vosotros no sabéis dónde estoy yo. Creéis que me veis, que habláis conmigo, pero no es más que un engaño. Seguid a lo vuestro. Ahora que he conocido la verdadera oscuridad, las banalidades del mundo ya no me conciernen.

Hay una forma de arrogancia en el sufrimiento puro.

El dolor es un anestésico. Envuelve, protege. Me hace invulnerable ante las maldades del mundo. Pueden decirme y hacerme lo que quieran. No reacciono, no me importa.

Descubro que el riesgo ya no me asusta, que podría atravesar zonas de peligro yo solo, afrontar pistolas cargadas y cuchillos al cuello, invencible como un superhéroe.

En el telediario oigo la noticia de un hombre que durante un atraco a un banco se ha encarado él solo con los criminales, ofreciéndose él mismo como rehén, en lugar de una niña que estaba retenida a punta de pistola.

Hablan de él como un héroe.

Yo creo que no es para tanto.

Enviadme a mí.

Ya he atravesado lo peor.

No puede pasarme nada más.

Descubro que también me he vuelto inmune al miedo.

Por la noche, en la cama, incapaz de dormir, me pregunto qué estaría dispuesto a hacer para volver a ver a S., para tener la ocasión de hablar con él por última vez.

No sé por qué, pero también se me ocurre esta hipótesis absurda: que se me conceda la oportunidad de encontrármelo *como un muerto*. Que se abra la puerta y él entre como un zombi, en pleno proceso de putrefacción, con jirones de piel desprendiéndose de sus brazos, con movimientos imprecisos y espasmódicos, emitiendo sonidos guturales y espantosos que salen de su boca abierta de forma grotesca y antinatural.

Y pienso para mis adentros que incluso eso me parecería bien.

Lo soportaría.

Os lo ruego, si me dejarais verlo por última vez me daría por satisfecho.

Pero ni siquiera los demonios del inframundo atienden a mis súplicas.

La serie de televisión francesa de 2012 *Les Revenants*, creada por Fabrice Gaubert y basada en la película homónima del director Robin Campillo, es un producto de género híbrido, a caballo entre la ciencia ficción, el *thriller* y el terror. El guion de los primeros dos episodios es obra de uno de los maestros de la narrativa francesa, el escritor Emmanuel Carrère.

Aún recuerdo lo que sentí al ver el primer episodio. No sabía exactamente cuál era el contenido, había leído un par de críticas entusiastas y tenía curiosidad; me descargué la serie ilegalmente (en Italia aún tardaría un año en estrenarse, algo que sucedió gracias a su éxito internacional).

Al principio se impone la atmósfera propia de un *thriller* (música tensa, oscuros pasos subterráneos, un clima plomizo y amenazante), y por tanto me esperaba este tipo de género narrativo. Luego, cuando comprendí de qué se trataba, empecé a notar que se me aceleraba el pulso, que se me cortaba el aliento y las lágrimas me resbalaban por las mejillas.

La historia está ambientada en un pequeño pueblo de los Alpes, donde varias personas fallecidas vuelven a sus casas de un día para otro. A diferencia de los clásicos del cine de terror, donde quien regresa del reino de los muertos reaparece en calidad de zombi, aquí los personajes tienen un aspecto del todo normal. Aparecen exactamente como los recordaban sus seres queridos, como si estuvieran congelados en el tiempo. Conservan, por tanto, el peinado, la ropa y la edad que tenían el día de su muerte. El ejemplo más sorprendente es el de una adolescente muerta en un accidente de tráfico que, al volver a la casa de su hermana gemela, descubre que en ese lapso de tiempo la otra se ha hecho mayor y ahora es una veinteañera.

La presencia de los resucitados (los *revenants* del título) provoca un shock en todas las familias implicadas, despertando sentimientos y reacciones discordantes, y causa un revuelo comprensible en toda la ciudad.

Les Revenants conectaba con una parte profunda de mí, más allá de la trama y los personajes que aparecían en escena, del lugar y el tiempo en el que estaba ambientada. Estoy convencido de que para el espectador corriente era simplemente una buena serie de misterio con pinceladas góticas. Para mí, un superviviente, era la representación del deseo más intenso e irrealizable: el retorno de S. Y no un S. monstruoso, convertido en muerto viviente, un S. fantasmal, un holograma rayano en la alucinación, sino el S. de siempre, el S. del último día, el S. a quien tenía tantas preguntas por hacer, tantas explicaciones que ofrecer, disculpas que pedir, abrazos que dar.

Vi la primera temporada entera en un estado casi febril. Terminaba cada episodio con el rostro bañado en lágrimas, sin que importara el contenido del capítulo, tanto si era estremecedor como si era reconfortante: yo lloraba por defecto. Para mí no se trataba de una forma de entretenimiento vespertino, sino más bien de una experiencia espiritual, una ciencia ficción mística con un mensaje que el público general no era capaz de apreciar (y que probablemente iba incluso más allá de las intenciones de sus propios autores), pero que en mí había hallado al receptor perfecto.

A lo largo de los años he visto muchas otras series de televisión, pero ninguna me ha impactado tanto. Quizá se deba a la exclusividad de la experiencia: allí donde los demás veían una serie de terror, yo asistía a una comunión íntima de cuerpo y espíritu, de lenguaje consciente e inconsciente que alcanzaban una armonía perfecta en una sinfonía que solo yo podía oír.

Supongo que es un instinto natural el que hace que percibamos como algo ajeno la eventualidad del suicidio de un ser querido, considerándolo como un hecho que puede darse en la vida (calamitosa) de los demás, pero nunca en la nuestra. Considerarlo sería una hipótesis demasiado aterradora.

Por eso en el día a día tendemos a ignorarlo, aunque sea un tema presente tanto en el arte como en la prensa.

En las semanas posteriores a la muerte de S. le pido a un amigo, gran lector, que me recomiende un libro ligero, algo que me distraiga. Me presta la novela de un autor inglés, una comedia romántica con ambientación musical, que empiezo a leer casi a modo de ejercicio, pero que de hecho cumple el propósito de mantenerme ocupado. Lástima que también aquí, hacia el final del libro, uno de los personajes se suicide.

Cuando se lo señalo, mi amigo se siente desolado.

—¡Te juro que no recordaba para nada ese detalle! —me dice.

Pobre, no tiene ninguna culpa. Es obvio que para él es un mero giro argumental, justamente un detalle al que el lector común no suele prestar atención.

Hasta hace poco yo era como él y no se me habría ocurrido verlo de otra manera.

El gesto extremo de quitarse la vida está presente en los libros, en las películas, en las series de televisión, en las obras de teatro, hasta en ciertas canciones del verano, y para todos nosotros es normal no prestarle la menor atención.

Reconozco que estoy sintonizado otras frecuencias, que me impresionan detalles que antes me habrían dejado indiferente, que me fijo en cosas que antes me pasaban desapercibidas.

Incluso algunas banalidades radiofónicas llegan a conmoverme profundamente. Estribillos pop que adquieren un nuevo significado, que dejan de ser un entretenimiento para convertirse en letras con sentido.

Estoy en una tienda de ropa, mientras doy una vuelta entre los expositores suena «No Regrets» de Robbie Williams. Las letras se revisten de significado:

> *I don't want to hate, but that's all you've left me with.*
> *No regrets, they don't work.*
> *No regrets now, they only hurt.*
> *But they tell me I'm doing fine.*

En una fiesta callejera, Gloria Gaynor canta en los altavoces: «*I should have changed that stupid lock, I should have made you leave your key*». Yo también le he dado mil vueltas: tendría que haber cambiado aquella puñetera cerradura, tendría que haberte pedido que me devolvieses las llaves. Palabras exactas.

Estoy conduciendo, Cher canta un tema clásico sobre una base *dance* y yo me pierdo en cavilaciones filosóficas.

Do you believe in life after love?

¿Crees en la vida después del amor?

Que a mis oídos suena así: ¿crees que se puede sobrevivir a todo esto?

No lo sé, querida amiga operada. Me gustaría pensar que sí, pero no sé qué contestar.

Receptores anestesiados que se han vuelto activos y vigilantes, una búsqueda de significado que se extiende por doquier.

Unos días después del funeral me entero de que uno de los hermanos de S. va diciendo por ahí que quiere esperarme en el portal de casa para darme una paliza.

Uno de los dos hermanos que durante mis años de convivencia con S. no había dado ninguna señal de vida, ni llamadas, ni mensajes; el que se había negado incluso a reconocer que éramos pareja, el que se avergonzaba de S., ahora, después de su muerte, redescubre el vínculo fraterno y me hace responsable de todo. Según él, fui yo quien llevó a S. a la ruina, el que lo destruyó, y como no se atreve a hablar conmigo quiere resolver el asunto dándome una lección a puño limpio.

Adelante, pienso. Que venga. Total, soy impermeable a todo.

Salid de las sombras, enemigos. No os temo. Abalanzaos sobre mí. Golpeadme.

No os podéis imaginar cuán invencible soy ahora mismo, hasta qué punto no hay nada que me asuste.

Por las noches, en el portal, miro a mi alrededor por si descubro siluetas escondidas en la sombra, atentas a mi llegada.

Nunca se presentará nadie. Cobardes.

Con Angela, su exmujer, tengo una relación ambivalente.

Cuando S. y yo empezamos a salir, él llevaba años separado. No fui yo la piedra de la discordia, el destrozafamilias. La familia se había destrozado sola.

(De una conversación entre S. y yo:

—¿Dejaste a tu mujer porque te diste cuenta de que eras gay?

—No, la dejé porque me di cuenta de que ya no la quería. El sexo con hombres no tiene nada que ver. Eso vino después.)

A lo largo del tiempo tuvimos ocasión de vernos varias veces, por lo general cuando S. iba a buscar al niño o lo acompañaba a casa. Nada demasiado teatral, ninguna cena de familia ampliada, no hacíamos ver que éramos más modernos de lo que éramos. Yo respetaba sus límites y a cambio ella se mostraba cordial conmigo. Ninguna fricción aparente.

Pero luego...

El día del funeral ella vuelve a interpretar el papel de esposa, de viuda. Para la gente del pueblo es ella quien está de luto. Ignoran mi existencia. Yo soy un amigo cualquiera, en la fila doce.

Desesperado, pero en mitad de la iglesia.

Lejos del féretro, lejos de sus allegados.

Casi toda la familia sabe de mi existencia. Aquel día, ninguno de ellos quiere reconocerme ningún papel, ninguna afinidad.

Tras la ceremonia, Angela y yo nos encontramos.

Le tiendo la mano, un gesto de hermandad en el duelo.

Ella me mira, fría, y no me tiende la suya.

Mi mano se queda ahí, inerte, estrechando el vacío inconsolable.

Debería odiarla por ello, pero no me importa, de veras.

Los dos estamos hechos polvo, a quién le importan los ceremoniales, las miradas malévolas. He aprendido que el dolor lo justifica todo. También la mezquindad del momento.

El tiempo todo lo arregla.

Al cabo de unas semanas, recibo una llamada suya. Una noche, entre lágrimas.

—Te llamo porque eres el único que puede comprenderme. Los demás son parientes, es distinto. Solo nosotros sabemos qué significa haberlo perdido, porque tú y yo habíamos estado enamorados de él. Nosotros lo hemos querido como hombre —afirma.

La madurez de estas palabras borra años de prejuicios.

Esta es la mano que finalmente me tiende.

De niño, de adolescente, solo lograba dormirme si la oscuridad era total. Si el menor resquicio de luz se filtraba entre las lamas de la persiana, me levantaba a bajarla del todo. La noche tenía que ser absoluta para conciliar el sueño.

Después empecé a viajar, a dormir fuera de casa, a verme en circunstancias que me impedían controlar el grado de oscuridad de la habitación, y tuve que adaptarme. Las primeras veces fue difícil (aún recuerdo como una pesadilla una noche de vacaciones en un cuarto sin persianas, creo que en el norte de Alemania: las farolas de la calle, la luz del alba que invadía la habitación...). Con el paso del tiempo me acostumbré.

Ahora no tengo este problema, he aprendido a dormir con cualquier tipo de luz, y cuando pienso en aquella obsesión juvenil la considero insensata.

La prueba de que nos acostumbramos a todo, incluso a lo que antes nos parecía imposible.

Me lo repito hasta la extenuación en los meses que siguen a la tragedia, obligándome a creerlo. Se puede aprender a convivir con un duelo así, podemos acostumbrarnos a este vacío interior que lo engulle todo como un agujero negro. Llegará el día en que esta cicatriz forme parte de mí sin turbarme, una característica como tantas otras.

Como mi forma de andar.
Como el hecho de no comer pescado.
Como mi metro sesenta y ocho de estatura.

Las cosas que hacen de mí lo que soy.

No es fácil hablar de esto. Para los demás.

Me doy cuenta de que les cuesta, de que buscan las palabras apropiadas, el tono adecuado.

¿Cómo se afrontan ciertas cosas? Nadie nos prepara para hacerlo.

Es una operación delicada que te toca improvisar.

Otros, en cambio, no tienen miramientos. No lo entenderé con exactitud hasta más tarde, al echar la vista atrás. En el momento encajo la situación sin reaccionar. Contesto. Ejecuto. Hágase tu voluntad, amén.

Me llama un primo de S. Un tipo al que había conocido hacía tiempo, brevemente. Habíamos cenado juntos una noche, y luego si te he visto no me acuerdo. Se ha enterado de la tragedia y se ha puesto en contacto conmigo.

Quiere saber qué ha pasado.

Se lo cuento.

Quiere saber cómo ha pasado.

Se lo cuento.

Quiere que entre en detalles. Cómo era él. En qué postura me lo encontré. Qué hice. A quién llamé. Qué sentí.

No es una llamada de cortesía, es un interrogatorio. Me hace preguntas desagradables, morbosas. Quiere hurgar en la herida y revolcarse en el fango.

Yo le dejo hacer. Contesto a todo.

Quiere saber qué le conté a su familia. Quiere saber si estuve en la morgue. Quiere saber qué dijeron nuestros vecinos.

También respondo a eso.

Una parte de mí, en un débil asomo de racionalidad, comprende que esta conversación no tiene ningún sentido. Que es inoportuna, enfermiza. Que nadie tiene el derecho de ensañarse tanto con alguien que sufre, y menos aún con una persona a la que apenas conoce. Pero no tengo fuerzas para rebelarme. Dejo que prosiga con sus pesquisas de pervertido. Atiendo a todas sus peticiones. Estoy tan mal que nada puede hacerme sentir peor. Estoy en lo más profundo del abismo. Por mucho que me empujéis hacia abajo, no hay nada más allá.

Hasta que, en un momento dado, acaba. Se ha quedado sin preguntas. Se despide, como si hubiéramos estado hablando del tiempo.

Adiós.

Adiós.

Por más que quieras evitarlo, durante el duelo hay una forma de socialización a la cual estás (continuamente) obligado a reaccionar.

La gente te pregunta a ti, habla del tema contigo, quiere saber cómo estás tú, es a ti al que quieren consolar.

Se convierte en una ocupación a tiempo completo. Los conocidos, los amigos. Las llamadas a primera hora de la mañana, las llamadas a la hora de comer, las llamadas a altas horas de la noche. Acabo de enterarme. Qué horror. No tengo palabras. ¿Cómo estás?

Cuando pierdes a un ser querido, esa ausencia se convierte en un rasgo tuyo y especialmente los primeros días te identifica por completo. Tú eres lo que te ha pasado.

Al principio no tienes fuerzas, le pides a algún familiar que conteste por ti, pero tarde o temprano te toca hacerlo. No puedes esconderte para siempre, no puedes evitar que el mundo entero te encuentre.

A veces me envolvía en una burbuja de olvido, me abstraía viendo la tele o escuchaba la cháchara de mi familia, que hablaba de minucias cotidianas, momentos en los que la presencia de su muerte se atenuaba. Luego, de pronto, sonaba un teléfono. La llamada era para mí, ni siquiera hacía falta preguntarlo. Aquel sonido me arrancaba de la inconsciencia y me devolvía a la realidad.

Sus intenciones son nobles, quieren hacerte sentir su afecto, su cercanía, pero incluso eso te cansa.

Y la pregunta no formulada, que nadie osa verbalizar pero percibes, inexorable, entre líneas: ¿por qué lo ha hecho?

Es la única pregunta certera, la que ni siquiera tú mismo podrás contestar jamás.

Afrontar con los demás el fantasma de esta pregunta se convertirá en una tarea constante durante un tiempo. En tu trabajo.

Nos fuimos a vivir juntos dos años después de empezar a salir. No fue algo planeado, ni siquiera hablábamos de eso.

Yo alquilaba un pequeño estudio en Milán y él vivía con su madre en el pueblo. Venía a mi casa de noche, al principio dos o tres veces por semana que luego fueron seis o siete, y mi apartamento era demasiado pequeño para dos personas. Más nos valía aceptar la realidad.

Una noche, después de cenar, en el nuevo piso de dos habitaciones que habíamos realquilado, mientras veíamos no sé qué en la televisión, S. se volvió hacia mí y me dijo:

—¿Sabes que no creía que se pudiera ser tan feliz?

Me dejó sin palabras.

No era un hombre muy expansivo. Comprendí que aquella declaración le había salido de forma espontánea al reparar en nuestra rutina de pareja normal y corriente: descalzos, en un sofá de IKEA que habíamos comprado de oferta y mirando un programa de entretenimiento.

Sin más explicaciones por su parte, intuí lo que quería decir en el fondo: aquella paz cotidiana era una conquista que durante mucho tiempo no se había permitido imaginar siquiera.

Educado en un ambiente en el que la homosexualidad era simplemente inconcebible, había ignorado su propia naturaleza durante años, siguiendo el programa que la sociedad le dictaba: se casó y formó una familia, como sus hermanos, sus amigos y toda la gente de su entorno. Más tarde, cuando el matrimonio empezó a hacer aguas y se separó, siendo ya un adulto y libre de nuevo, comprendió que tenía que escuchar los impulsos que durante muchos años no se había permitido sentir. Tuvo sus primeras experiencias, incluso vivió alguna aventura. Luego llegué yo. Y conmigo la convivencia.

Ahora, quizá por primera vez, las piezas del rompecabezas de su vida encajaban. Tenía un hijo, al que quería por encima de todas las cosas y al que veía a menudo. Los amigos del pueblo, que no sabían nada de su nueva vida pero a quienes seguía viendo como siempre, con alguna que otra mentira. Y un compañero con el que experimentaba una intimidad sentimental que había dado por supuesto que le sería negada, porque estaba fuera de su alcance.

Creía que no estaba destinado a ciertas cosas. Y, en cambio, allí estábamos.

Sí, pese a las evidentes diferencias de cultura y de carácter, pese a las estrecheces económicas, pese a que al cabo del tiempo las cosas tomarían otro rumbo, durante unos años fuimos muy felices juntos. Lo fuimos de veras.

También nos reíamos mucho juntos. Tengo que esforzarme para recordarlo, porque ahora (desde hace años) cada vez que pienso en él asocio su figura al sufrimiento. En cambio, nos divertimos mucho en aquella época que ahora me parece tan lejana, el pleistoceno de mis veinte años.

Cuando S. se reía, todo su rostro cambiaba. Sus ojos se convertían en dos ranuras, los finos labios desaparecían para dejar aflorar los dientes.

Sé que es absurdo, pero cuando pienso en él riéndose lo veo en blanco y negro. Porque así es como se ríe en la primera foto que le saqué: tumbado en el sofá, con los brazos detrás de la nuca, mirando el objetivo con una sonrisa (mirándome a mí, que me inclino hacia él). Una foto analógica, un carrete en blanco y negro.

Tenía un sentido del humor muy particular. Recuerdo que después de haber visto por la tele *Bailando con lobos* se pasó semanas enteras hablando en una lengua sioux inventada, poniendo nombres (irrepetibles) a ciertas costumbres nuestras que me hacían llorar de risa.

Le gustaba hacerme reír, incluso con bromas tontas, como aparecer de repente por detrás de una puerta o apartarme la silla cuando me sentaba a la mesa. Gestos alegremente infantiles que me sorprendían cada vez, porque resultaban del todo inesperados.

Un adulto, un obrero, un padre de familia.

La intimidad también es esto: esos detalles inesperados de una persona, que los demás ni siquiera imaginan y que solo tú conoces.

Mientras escribo estas páginas descubro que en mis recuerdos con S. no llueve nunca. Tan solo una imagen está relacionada con el mal tiempo (el coche al abrigo de un cobertizo mientras arrecia el temporal); por lo demás, únicamente consigo recordar puestas de sol, playas cubiertas de guijarros, el cauce de un río, las veladas con los vecinos sentados en las baldosas de la galería, las excursiones en moto por el monte, una manifestación en un día de calor abrasador y la frescura del aire acondicionado de vuelta al hotel, las fotos de unas vacaciones en la costa. El sol, siempre.

Me pregunto en qué consiste este fenómeno de revisionismo climático sobre el cual no he leído en ninguna parte testimonios comparables. ¿Es una invención de mi inconsciente? ¿Un mecanismo de defensa basado en condiciones meteorológicas favorables? Sea lo que sea, no lo compro. La ingenua ecuación *buen tiempo = serenidad* es falsa como un billete de quince euros. Tengo muy presentes las dificultades y las peleas que vivimos, las tormentas que marcaron nuestra vida sentimental. Aun así, no puedo evitarlo: tengo la cabeza llena de imágenes de colores saturados y ligeramente sobreexpuestas por el exceso de luz. Un verano perenne que contrasta con el gélido invierno que vino después.

¿Por qué lo hizo?

En los últimos dos años, S. había dado muestras de una inquietud creciente, acompañadas de gestos teatrales, provocaciones, arrebatos de ira y comportamientos insensatos.

Dejó su trabajo de camionero de un día para otro. Una noche volvió a casa y me comunicó que había pedido el finiquito. Sostenía que el camión que conducía era demasiado viejo y difícil de manejar. Que le obligaban a trabajar en unas condiciones inaceptables. Que lo explotaban.

Decía que un amigo le había prometido un trabajo de reponedor en un supermercado, algo seguro. Pero de seguro aquello no tenía nada, y nunca se concretó.

A partir de ese momento entró en una rueda de empleos precarios, que podían durar un mes o dos días.

Empezó a beber en exceso.

Empezó a no volver a casa por la noche. Yo no sabía con quién estaba ni qué hacía. A veces llegaba tan ebrio que, como en los chistes de borrachos, no encontraba la puerta de casa o no conseguía meter la llave en la cerradura. Llamaba a un par de personas equivocadas antes de encontrar mi número en la lista de contactos. Me despertaba en plena noche para que le abriera la puerta.

Decía que seguía pagando la manutención de su hijo, cuando en realidad se estaba saltando los plazos.

Obviamente, a esas alturas nuestra relación había descarrilado.

Parecía que estuviese saboteando por completo su vida. Adrede.

Aquella felicidad ordinaria que tanto le había emocionado ahora ya no le bastaba. Una vez incluso me lo hizo saber, con un aplomo que me pareció excesivo e insensato. «He comprendido que, después de esto, la vida no tiene nada que ofrecerme.» Aquello equivalía a decir que había algo que le ardía por dentro, un desasosiego que había mantenido a raya mediante una serie de conquistas y que ahora había vuelto a imponerse. Como si ya hubiese quemado todas las etapas y no tuviese nada que esperar. Un hambre que ya no sabía cómo saciar.

S. y yo ya no estábamos juntos cuando él se quitó la vida.

Oficialmente habíamos roto hacía tres meses.

En aquella época nos veíamos de cuando en cuando. Él conservaba las llaves del apartamento en el que habíamos convivido, pero el apartamento estaba a mi nombre y hacía tiempo que no pagaba su parte del alquiler.

A veces pasaba para llevarse algunas cosas o dejar otras, a la espera de encontrar un nuevo hogar. Podría haberle pedido que me devolviera las llaves, privarle de la facultad de entrar y salir a su antojo. No lo hice porque me parecía una crueldad. A pesar de las peleas y las tensiones, respetaba mi privacidad. Venía al piso cuando yo estaba en el trabajo o me avisaba antes si sabía que estaba en casa.

Me he preguntado muchas veces qué habría pasado si le hubiese pedido las llaves.

¿Dónde habría llevado a cabo su gesto definitivo? ¿Habría hecho lo mismo o habría encontrado otro método? ¿Le habría resultado más difícil hacerlo? Sin esta posibilidad práctica, ¿habría tenido que buscar otra manera, invertir más tiempo? ¿Habría podido recapacitar en aquel intervalo más prolongado?

Tengo la cabeza llena de preguntas que nadie responderá jamás.

Sin embargo, estoy convencido de que volvió allí para matarse, porque para él ese lugar seguía siendo su «casa».

Después de todos estos años, todavía no acierto a decidir si es un pensamiento consolador o atroz.

Me gusta escuchar música de artistas poco conocidos, descubrir artistas independientes, grupos alejados del éxito radiofónico y de las listas de los más vendidos.

A principios de los dos mil me entusiasmó el álbum *The Young Machines*, de una banda *indie* norteamericana llamada Her Space Holiday, de la que no sabía casi nada.

Cuando me gusta un disco de un grupo intento recuperar el resto de su discografía. Buscando noticias en internet descubrí que había un álbum previo de Her Space Holiday, pero cuando al fin lo encontré en una tienda *online* me quedé de piedra: el disco tenía el escalofriante título de *Home Is Where You Hang Yourself* (El hogar está allá donde te ahorcas). No fui capaz de completar el pedido. Me encontraba en la redacción de un programa radiofónico donde trabajaba entonces, y recuerdo haber cerrado el navegador al instante, como si hubiese accedido sin querer a un contenido obsceno.

Más tarde supe que tras el nombre Her Space Holiday se ocultaba en realidad un solo músico y que, inquietante ironía del azar, era casi tocayo mío: Marc Bianchi.

Durante los días siguientes procuré ser racional, decirme que no podía asustarme un título, que no debía permitir que aquellas palabras me bloqueasen, por mucho que se acercaran peligrosamente a mi experiencia. Me armé de valor, volví a aquella página y compré el álbum. Cuando llegó el CD, lo guardé en mi colección de música, al lado del otro disco del grupo.

¿La verdad? Nunca lo he escuchado. Ni una sola vez.

Hacía tres meses que nos habíamos separado, pero para el dolor estos detalles burocráticos eran irrelevantes.

¿Qué más daba si habíamos terminado o seguíamos juntos?

S. había sido mi compañero de vida durante más de siete años, tantos que ahora me resultaba imposible pensar que ya no podría verlo, llamarlo, tocarlo, discutir y conversar con él.

El hecho de habernos separado hacía unas semanas no cambiaba nada.

Al contrario, era como si su muerte inesperada hubiese suprimido las discrepancias y las discusiones de los últimos tiempos. Obrando como un censor, escrupuloso y taimado, había eliminado los recuerdos negativos y conservado tan solo aquellos relacionados con la felicidad. No paraban de venirme a la cabeza secuencias de nuestra vida en común, las cenas en el balcón, las vacaciones, las excursiones en moto, las mudanzas, un montaje de imágenes reproducidas en bucle, una lista de grandes éxitos alojada en mi cabeza, una película con nosotros dos, felices, como protagonistas.

En cierto sentido, su desaparición había hecho que volviese a enamorarme de él.

Otro simpático ardid de mi subconsciente para hacer que el duelo fuera aún más insoportable.

Tras constatar la defunción, los sanitarios depositan el cadáver en la camilla y se lo llevan. Me dicen a qué hospital lo van a trasladar y yo asiento, pero borro la información al instante (la recuperaré enseguida: me la dará el portero).

Me quedo solo en el piso. Solo como no lo había estado nunca. Una suerte de abandono cósmico.

Con el rescoldo de racionalidad que me queda, llamo a la hermana de S. y le informo de lo que pasa.

—Al final lo ha hecho —le digo.

Dejo que asimile la información, que pase del estupor al llanto. No logro aguantar mucho rato al teléfono. Le ruego que se encargue de comunicárselo al resto de la familia y cuelgo.

Luego llamo a mis padres.

No sé qué palabras uso, cómo les cuento este acontecimiento indecible. Les pido que vengan a buscarme.

Y entonces me digo basta, no hay nada más que pueda hacer.

Me quedo en un rincón del dormitorio, casi como si quisiese esconderme, acurrucado en el suelo, con los brazos alrededor de las piernas dobladas y la cabeza en las rodillas, y espero.

Vuelvo a ser un niño.

Mamá, papá, venid a buscarme.

Cuidadme.

Regreso al yo infantil que tenía miedo a la oscuridad y que no podía imaginarse hasta qué punto es espantosa la verdadera oscuridad.

Tengo miedo. Venid a buscarme. Decidme que solo es una pesadilla.

Que todo esto pasará.

Creo que podría balbucear.

Una amiga insiste en que vaya a ver a cierta vidente. Nunca he creído en estas cosas, pero tampoco había imaginado nunca que se pudiese estar tan mal como lo estoy ahora. El dolor me ha abierto la mente. Estoy dispuesto a creer en magos, en ángeles, en la vida después de la muerte, en alienígenas, en la divina misericordia, en el futuro, en la luz al final del túnel, en cualquier cosa que pueda proporcionarme un vago consuelo. Una llama diminuta en la oscuridad, del tipo que sea.

Mi amiga insiste en que se trata de una vidente distinta a todas las demás. Que es «potentísima».

Está bien. Allá vamos.

La cita es a las dos y media de la tarde. Mi amiga decide acompañarme.

Un edificio de los años cincuenta en una zona cercana al centro. El ascensor es de madera acristalada y tiene un asiento de terciopelo, desgastado, como las cosas que han conocido tiempos mejores.

Mi amiga se mueve por el apartamento con la desenvoltura propia de una cliente habitual. Cruza el pasillo, se sienta en un pequeño sofá en una salita y me invita a sentarme a su lado.

—Ella te llamará —me instruye.

Y así es. Poco después una voz procedente de una puerta entornada frente a nosotros dice:

—¡Adelante!

Con un leve codazo, mi amiga me insta a levantarme.

Voy.

La habitación está en penumbra. Frente al escritorio está sentada una señora de aire plácido. Pelo blanco vaporoso, sonrisa de abuela. Una imagen que no casa en absoluto con el concepto de «potentísima» con el que me la han vendido.

No sé si sentirme defraudado o reconfortado. Suspendo el juicio, como vengo haciéndolo desde hace semanas a propósito de todas las cosas.

Me siento frente a ella.

Sin preámbulos, me pregunta por el motivo de mi visita.

Se lo cuento. La película entera. *Director's cut.*

Mientras hablo, la mujer sostiene un péndulo que apunta al centro de la mesa y deja que oscile ligeramente.

—¿Quieres saber si está bien, si ha encontrado la luz?

—Sí.

La mujer suelta la presa de golpe, dejándome anonadado. El péndulo cae sobre la mesa, arrastrando consigo la larga cadenita.

—Si solo has venido para esto, ya hemos terminado —me dice—. Cuando has entrado he sentido de inmediato que el hombre del que hablas está en la luz. Lo he percibido muy claramente.

Siento un calor repentino que se expande por mi pecho. S. está bien, me digo. Está donde le corresponde.

—¿Seguro que está bien? —pregunto.

—Es feliz, ha encontrado la serenidad —declara—. ¿Solo querías saber esto?

—Sí —le confirmo.

—Entonces ya hemos acabado.

La actitud expeditiva de la vidente me parece un signo de honestidad. Si fuera una charlatana se enrollaría, haría un numerito. En cambio, no parece que le importe en absoluto la impresión que puedan causar sus modales. Es franca, directa, va al grano porque no ve motivos para darle más vueltas al asunto.

—Si me quieres dar algo, puedes dejarlo aquí —dice, señalando un pequeño cesto en el lado derecho de la mesa—. No es obligatorio —puntualiza.

Me levanto. Mi amiga ya me ha aconsejado que le dé al menos cincuenta mil liras. Me meto la mano en el bolsillo y saco un billete de cincuenta mil. Lo deposito en el cesto. La vidente mira hacia otro lado. Habría podido dejar tan solo cinco mil o quinientas mil liras, da lo mismo.

Me despido y salgo.

El reloj de la salita me informa de que la sesión ha durado diez minutos.

Empieza a desvanecerse el enorme alivio que he sentido cuando ella me ha dicho que S. ha encontrado la luz. Desde luego es mucho menos potente que hace unos segundos.

Mi amiga me pregunta cómo ha ido.

—Me ha dicho que S. es feliz. Que ahora está en la luz.

Ella me abraza.

—Ya te había dicho que es buenísima.

Sí, ha sido buenísima. Buenísima para decirme, con un aplomo magistral, la única cosa que yo quería oír. Buenísima en la ejecución.

Siento que cada fibra de mi cuerpo desea que esta mujer esté en lo cierto. Que el alivio efímero se vuelva definitivo. Que sus palabras sean el bálsamo milagroso capaz de salvarme. Pero ya sé que no será así.

Salimos. Volvemos a coger el ascensor *vintage* y bajamos a la calle. Me despido de mi amiga con otro abrazo y me alejo.

S. está en la luz, quizá.

Por lo que a mí respecta, me doy cuenta de que permaneceré sumido en la oscuridad.

Recuerdo haber visto en un festival de cine un cortometraje en el que una mujer joven seguía a un desconocido por toda la ciudad. Lo esperaba fuera de la oficina, lo asediaba cuando entraba en un bar a tomarse un café, se sentaba detrás de él en el autobús. Era discreta, constante. No hacía ningún intento de hablar con el hombre, que evidentemente no la conocía e ignoraba su presencia. Solo hacia el final del corto se revelaba al espectador el motivo que los une: al hombre le han trasplantado el corazón de su marido, muerto en un accidente de tráfico, y ella seguía a aquel desconocido porque llevaba en su interior, palpitante, la esencia de su amor desaparecido.

En su momento me pareció un corto poético pero tramposo, una metáfora forzada del amor que sobrevive a la muerte.

Era un ingenuo, aún no sabía nada de la vida y del dolor.

Si después de su muerte hubiese podido ir tras el corazón de S. alojado en el cuerpo de un desconocido, me habría pasado los días acompañándolo a todas partes.

A ojos de los demás, S. y yo éramos una extraña pareja.

Estar con una persona muy distinta a ti genera más dificultades de puertas afuera que de puertas adentro. Constantemente tienes que lidiar con las diferencias que los demás perciben y que para ti se han diluido en la convivencia cotidiana.

Cuando nos veíamos en nuestros respectivos ambientes éramos como peces fuera del agua: él tenía poco que ver con el mío, y yo casi nada con el suyo.

No hablábamos mucho del asunto. Sabíamos lo que había y lo gestionábamos. Formaba parte de la fascinación de estar juntos. Un doble desafío a las convenciones.

Éramos una pareja mixta, de la misma etnia y del mismo sexo.

S. tenía modales bruscos y directos, que para él eran normales, pero que a las personas de mi entorno les resultaban inadecuados, si no del todo inoportunos.

Una vez habíamos ido juntos a Linate a recoger a mi amigo Gianmarco, que vivía en el extranjero y al que hacía meses que no veía. Era la primera vez que veía a S., de quien solo había oído hablar por carta. En el coche, Gianmarco y yo nos pusimos a charlar sin parar, como si nos impulsara el ansia de recuperar en pocos minutos el largo intervalo durante el cual habíamos estado separados.

S. conducía, atento a la carretera y no a nuestra cháchara. En un momento dado, sin previo aviso, aparcó delante de un bar y anunció:

—Me apetece una cerveza. ¿Y a vosotros?

Sorprendidos, ambos negamos con la cabeza.

—Está bien, solo serán diez minutos —añadió, bajándose del coche.

Yo estaba acostumbrado a esta actitud sin mediaciones, así que no le di importancia. En cambio, Gianmarco, que venía de París, donde se relacionaba con un círculo de diseñadores y gente elitista y estaba probablemente más acostumbrado a fiestas en discotecas con champán y cocaína que a cervecerías del extrarradio a media tarde, me miró con preocupación:

—¿Siempre es así de bruto? Oye, si es violento debes decírmelo. ¿Te pega?

Yo me eché a reír. En la intimidad, S. era una persona afectuosa y muy afable. La mera idea de que pudiese mostrarse agresivo me parecía disparatada, cómica, pero a ojos de los demás su brusquedad podía confundirse con algo más amenazador, y debía tomar nota.

Naturalmente, también había ejemplos de signo contrario.

Estando un fin de semana en Roma, nos habían invitado a cenar, junto a media docena de personas, en casa de un amigo mío, un escritor consagrado, finalista del premio Strega, un nombre de moda en los círculos culturales y políticos. Hacía poco que se había mudado a Monti, y quiso hacernos una visita guiada del piso, atravesando estancias de techos altos, con frescos, bibliotecas que ocupaban paredes enteras y cuadros de pintores contemporáneos en los pasillos. Durante el recorrido, S. se encendió un cigarrillo sin pedir permiso. El dueño lo fulminó con la mirada y le instó a fumar en el balcón. Por proximidad sentimental, su reprimenda también parecía ir dirigida a mí, aunque fingí no haberme enterado y me mostré indiferente al pequeño incidente diplomático. Dejé que S. acabara de fumar a solas, asomado al panorama de las terrazas romanas.

Al cabo de unos minutos, mientras tomábamos el aperitivo, nuestro anfitrión se disculpó por la falta de agua caliente en el piso, explicando que la caldera estaba estropeada y que el técnico que había prometido pasar a arreglarla no iría hasta el día siguiente. Mientras disfrutábamos de las bebidas, S. se levantó de la butaca y preguntó dónde estaba la instalación. Mi amigo lo llevó a la cocina. Oí que S. le preguntaba si tenía un destornillador.

Un cuarto de hora más tarde la caldera volvía a funcionar y el célebre escritor miraba a mi compañero con la admiración que suele reservarse a los genios incomprendidos.

Ahora yo disfrutaba del aplauso que la proximidad sentimental me había procurado. S., en cambio, había vuelto a su cóctel, tan indiferente al elogio como a la reprimenda anterior.

Las convenciones sociales nunca fueron una de sus prioridades.

Tuve que vaciar sus armarios. Donar sus cosas. No recuerdo qué hice, si se las di a algún familiar o a la beneficencia. Una más de las lagunas que jalonan esta historia. ¿Quién se quedó su ropa? No lo sé. ¿Las gorras, los cinturones, las camisetas? ¿Y sus CD? Y el coche, ¿vino alguien a buscarlo, a llevárselo? No lo sé, forma parte de la amplia franja de memoria de aquel periodo que mi mente ha decidido suprimir.

Conservé una maquinilla, porque los dos la usábamos y yo sabía que continuaría haciéndolo. Me pregunté si debía quedármela o no. No era un aparato cualquiera, de los que se compran en una tienda de electrodomésticos, sino una herramienta profesional que S. le había encargado a un proveedor de material de peluquería. Un modelo de barbero, con cuchillas intercambiables de diversas longitudes. La compró porque casi siempre llevaba el pelo rapado y le parecía que no tenía sentido pagar a un peluquero cada vez para un corte tan radical; era mejor hacerlo en casa. Con el tiempo yo también adopté ese corte militar. Él usaba la cuchilla más corta, la 0,01; yo una medida intermedia, la 0,03, que me dejaba el pelo muy corto, pero sin pelarme tanto la nuca.

Si se hubiese tratado de un modelo común estoy seguro de que me hubiera desprendido de él junto con el resto de sus cosas, pero no tenía ni idea de dónde conseguir una maquinilla profesional como aquella, de manera que me la quedé.

De su ropa solo conservé un jersey de lana y unos tejanos.

El jersey porque olía a él. Me di cuenta mientras lo cambiaba de sitio. Un rastro sensorial de S., encerrado en las fibras. Estuve días aspirando su aroma. De noche, antes de dormirme. De día, cuando el dolor se volvía lacerante. Un solo gesto para combatir la locura que me atenazaba. Abría el armario y alargaba los brazos hacia el jersey, que había guardado en un estante a la altura de los ojos. Lo cogía tal cual, doblado, y me lo acercaba. Luego hundía la cara en él e inspiraba. Por un instante, S. seguía allí conmigo. Lo sentía. No me regodeaba demasiado en ese gesto. Aquel aroma era una especie de tesoro que había que dosificar y preservar. Guardaba la prenda en su lugar, cerraba el armario y procuraba no abrirlo a menudo.

Luego, con el paso de los días, el olor se fue atenuando hasta desaparecer del todo. Sabía que ocurriría, era inevitable.

Era un eco que iba apagándose, una más de las miríadas de huellas que había dejado en mi vida y que ahora se llevaba consigo.

La separación nunca era interminable, una despedida con infinitos matices.

No sé por qué conservé los tejanos. Porque eran su seña de identidad, supongo. Solo llevaba tejanos, no compraba ninguna otra clase de pantalón. Si le preguntabas por qué, contestaba que lo suyo eran los tejanos, y punto.

Años más tarde, durante una mudanza, alguien los cambió de sitio y los metió en una caja de cartón con otras prendas.

Al abrir la caja me di cuenta de que ya no los reconocía. Era un modelo estándar, yo mismo tenía unos parecidos. ¿Cuáles eran los suyos? ¿Cuáles los míos?

De adolescente, la primera novela que leí que abordaba la homosexualidad contenía una escena en la que dos chicos, después de hacer el amor por primera vez, no eran capaces de saber a quién pertenecían los calzoncillos blancos que ambos llevaban y que yacían al pie de la cama. Aquella incertidumbre mostraba hasta qué punto sus identidades se habían fusionado.

En mi caso, el tiempo había borrado el valor simbólico de aquel fetiche, había evaporado tanto el recuerdo como el perfume.

Fuimos una sola cosa durante siete años.

Ahora, ya no tenía sentido distinguir sus viejos tejanos de los míos.

Su hermana me pidió una foto de S. para ponerla en su tumba.

Yo era el único que tenía fotos recientes.

Elegí una en la que S. exhibía su mejor sonrisa.

En ella, lleva la chaqueta de cuero de motero, el pelo rapado, la perilla salpicada de canas, y sonríe feliz al objetivo. A mí.

No sé de qué viaje era. Recuerdo que se la hice nada más llegar; S. había aparcado la moto y se dio la vuelta. No se esperaba que lo fotografiase. Cuando vio que el objetivo lo enfocaba sonrió, sorprendido por encima de cualquier otra cosa.

Sé que estaba contento. Siempre lo estaba en los viajes en moto.

Elena coincidió conmigo en que era la foto más bonita, la más adecuada. Que en aquella foto «era él».

Se la dio al responsable de la funeraria para la reproducción en cerámica que colocarían en la tumba. La familia se había ocupado de todos los aspectos relativos al entierro.

La primera vez que fui al cementerio me quedé de piedra. En la foto S. no llevaba perilla, sino un bigote negro, oscuro. S. detestaba los bigotes.

Enseguida llamé a Elena.

—Se equivocaron al retocar la foto —me dijo—, pero ya era demasiado tarde para rehacer el trabajo.

La imagen de S., aquella por la que sería visto y recordado, no tenía nada que ver con la realidad.

Nunca llevó bigote, y ahora lo exhibe sonriente para la eternidad.

Aquella tarde, después de descubrir el cadáver, después de que mi cerebro registrara lo que estaba ocurriendo e intentara convertirlo en un concepto asimilable para que yo pudiese comprenderlo y reaccionar, después de intentar gritar sin que me saliera la voz, después de dar vueltas por la habitación como un autómata enloquecido, incapaz de hacer otra cosa que girar sobre mí mismo en busca de una vía de salida, de una explicación, de un interruptor para suprimir la pesadilla que tenía enfrente, salgo al rellano y empiezo a gritar en dirección al patio y al agujero de la escalera.

Ayuda.

Ayuda.

Ayuda.

No sé a quién me dirijo, a quién le estoy pidiendo auxilio. Al mundo.

Poco después aparece alguien. Tres hombres. Inquilinos del edificio a los que no conozco personalmente pero cuyas caras reconozco de haberlas visto en las escaleras, en el vestíbulo.

Hago un gesto para señalar el interior del piso. Entran, yo los sigo.

Veo la consternación en sus rostros, el horror. Luego su lucidez se impone. Dos de ellos sostienen el cuerpo de S., mientras el tercero inspecciona la cocina hasta que encuentra el escurridor metálico de los cubiertos encima del fregadero. Coge un cuchillo y vuelve adonde están los demás para cortar la cuerda. Casi parece que sepan qué hacer, como si se hubiesen visto en este trance otras veces, como si el ADN de cada uno de ellos llevase grabadas las instrucciones para reaccionar a este tipo de situaciones.

Depositan el cadáver en el suelo, sin pronunciar palabra.

Me miran como quien no puede hacer nada más (y no pueden hacer nada más), y en consecuencia salen del piso.

La puerta permanece abierta.

Percibo siluetas y voces ahí fuera. Otros vecinos, gente atraída por los gritos, que quiere saber, entender. Los oigo cuchichear en voz baja. Nadie más se asoma al interior, el cuerpo de S. y yo nos quedamos solos hasta que llegan los sanitarios.

En los meses siguientes volví a toparme con aquellos tres hombres. En el portal del edificio, en la escalera con sus mujeres, aparcando las bicicletas de sus hijos en el soporte del patio, recogiendo el correo en la portería. Cruzábamos una mirada, siempre sin palabras.

Me preguntaba qué habría podido decir. Darles las gracias me parecía grotesco. ¿Hay que agradecer algo así? No. No hay fórmulas adecuadas, no hay formalismos para tales situaciones.

Una sola vez uno de ellos se decidió a hablarme. Yo estaba en el ascensor; él bloqueó las puertas antes de que se cerraran y entró con sus dos hijos. De repente advirtió mi presencia. Solo entonces se dio cuenta de que era yo. De haberlo sabido, quizá hubiese preferido esperar.

Uno de sus hijos tenía en la mano un DVD de una cadena de videoclubs. Se percató de que yo estaba mirando la caja azul y amarilla.

—Hemos elegido una comedia —me dijo—. Para levantar un poco la moral.

—Hacéis bien —contesté yo.

Intercambiamos una débil sonrisa, fingiendo con toda la convicción posible que éramos unos vecinos cualesquiera.

Haber compartido el momento más dramático de mi vida con aquellos tres desconocidos es algo completamente absurdo, pero indeleble (para mí, para ellos). De alguna forma nos unirá para siempre, aunque no hayamos sabido decírnoslo con palabras.

A veces la ternura que te ofrecen parece solo la confirmación de que estás acabado.

OCEAN VUONG, *En la Tierra somos fugazmente grandiosos*

Mi búsqueda de panaceas me lleva a concertar una cita con una pranoterapeuta de Roma. Me han hablado de ella unos amigos. Dicen que hace unos tratamientos que no se pueden explicar. Que sí, te da masajes, pero al mismo tiempo te transmite su energía, logra penetrar en lo que te pasa por dentro y es capaz de ayudarte. De darte respuestas.

Un amigo de mi hermana, un profesor universitario que es cliente suyo desde hace años, se compromete personalmente a hacer de intermediario, a conseguirme un hueco en su apretada agenda.

El día de la cita me despierto con fiebre. No puedo levantarme de la cama, menos aún coger un tren y soportar cuatro horas y media de viaje. Llamo por el móvil a la señora y le explico la situación. Me sabe fatal, porque sé que la mujer me ha hecho un favor al buscarme un hueco con tan poca antelación. Ella se muestra tranquila y me concede una nueva cita para la semana siguiente. Se lo agradezco disculpándome profusamente, como si estuviera al teléfono con Navarro-Valls para concertar un encuentro con el papa. Estoy alterado. Por la fiebre, por mi prolongada postración interior.

La semana siguiente acudo a la cita.

La consulta parece la de un médico. En la sala de espera donde me siento hay algunas sillas y una mesita baja con revistas y periódicos. En las paredes, pósters con cerezos en flor, cascadas y paisajes alpinos. Representaciones estándar de serenidad bucólica.

Cuando se abre la puerta de su despacho descubro que la mujer es de baja estatura, con una media melena azabache y una cara rechoncha. Un físico de mesonera, de panadera. Una imagen más carnal que espiritual.

La energía elige caminos curiosos para canalizarse en el mundo material.

Me pide que me quite los zapatos y el jersey.

Que me tumbe en la camilla, boca abajo.

Empieza a masajearme con delicadeza, empezando por las piernas. Mientras tanto me pregunta por qué estoy allí. Qué me pasa, qué malestar me aqueja.

Le cuento mi historia por millonésima vez, una narración encallada en el intento desesperado de hallar consuelo. Sea donde sea, como sea, con quien sea.

Ni siquiera sé en qué consiste la pranoterapia. No sé cómo funciona. No sé si creo en ella. No estoy preparado para recibir este tipo de informaciones, para analizarlas según criterios intelectuales o fes metafísicas. A lo largo de estos meses mi capacidad de análisis está en suspenso. Nada tiene sentido y todo lo tiene. Haced conmigo lo que queráis.

Ella continúa masajeándome.

Me pregunto cuándo se producirá el contacto entre nosotros. Cuándo sus manos empezarán a transmitirme ese calor, esa energía salvífica que tanto celebran mis amigos.

Tengo frío. Frío en todas partes. Siento el frío en sus manos, en mi corazón entumecido.

La dejo hacer un rato. Luego le pregunto:

—¿Nota algo?

No sé exactamente qué pretendo, no sé si existe una respuesta a esta pregunta.

—Estás sufriendo muchísimo —dice ella—. Es muy difícil entrar en contacto contigo.

Lo sé. Gracias. Ya lo sabía.

La sesión prosigue durante un tiempo indefinido, pero es evidente que la cosa no funciona.

No siento que sus manos irradien ninguna energía.

Ella está manipulando un maniquí desarticulado. Tengo los músculos relajados, pero mi espíritu es un bloque de hielo.

Mientras me visto, comenta:

—Me sabe mal.

Es consciente de su fracaso.

Le afecta más a ella que a mí. Sé que nadie puede salvarme . Ella lo ha intentado, pero al monstruo que me devora no se le puede plantar cara con las manos desnudas.

Hay algo que debo hacer en los días posteriores al funeral: hablar con su hijo. Aún es un crío, y el impacto de esta experiencia debe de haber sido devastador.

Lo llamo una noche y le pregunto si puedo ir a verlo.

Me dice que sí, con la incomodidad de quien no entiende a los adultos y sus absurdas peticiones.

Quedamos el sábado por la tarde.

Me recibe su madre, la ex de S. Hoy parece tranquila y afable. Me ofrece un café, que rechazo porque tengo el estómago agarrotado por la tensión y todo lo demás, de manera que bebo un inocuo vaso de agua mientras ella va a avisar a su hijo.

Davide está encerrado en su habitación con los auriculares puestos, como buen adolescente. Se acerca a la mesa de la cocina con actitud frágil y titubeante.

—¿Te apetece ir a dar una vuelta? —le propongo.

Él mira a su madre.

—¿Tú también vienes?

Más que una pregunta parece un ruego, pero Angela entiende la situación.

—No, es mejor que habléis a solas.

Montamos en el coche y arranco. Me dirijo hacia las afueras del pueblo, una zona llena de fábricas y hangares. Llego al aparcamiento vacío de una empresa. Está cerrada, el aparcamiento es todo nuestro. Apago el motor.

Nos rodea una ligera niebla. La desolación del lugar y el frío de diciembre completan el cuadro.

No se puede ser más desdichado. Me toca hablar.

—¿Sabes por qué quería verte?

Davide se encoge de hombros.

—Porque te sabe mal que papá se haya muerto —afirma, pero lo dice como si no se lo creyera, como quien trata de adivinar una respuesta al azar.

Hoy lo veo más niño que de costumbre.

Tiene esa edad-limbo en la que no eres nada. Los huesos gráciles, una incipiente pelusilla en el labio superior, el cuerpo larguirucho. Ya no es un niño, pero tampoco un chico. Un ser en tránsito.

Me viene a la cabeza una tarde del verano anterior. Davide se había traído a S. y los tres fuimos a una piscina municipal. Había un quiosco junto a la entrada. S. le preguntó si quería algo para leer. Davide echó un vistazo a los periódicos del mostrador y al final eligió un sobre con un muñequito. Un producto claramente destinado a niños pequeños. S. se quedó sorprendido, pero no dijo nada. Cogió una revista para sí mismo y pagó. Ya dentro del recinto saltaba a la vista que Davide se avergonzaba de su compra, pero no había podido contenerse. Una regurgitación de la infancia, todavía legítima en esa fase transitoria.

No sé por qué me he acordado ahora de esta anécdota. Quizá porque en estos días tormentosos solo necesita que alguien le brinde protección.

Lo que estoy a punto de hacer no es fácil.

—Quería hablar contigo de lo que ha pasado —le digo—. Saber qué opinas.

—No opino nada —contesta él de inmediato, a la defensiva.

—Sabes que tu padre te quería mucho, ¿verdad?

Veo cómo se le tensan los músculos faciales, cómo se endurece su expresión. Hay un rescoldo bajo las cenizas.

—Lo sabes, ¿verdad? —insisto.

Y entonces estalla:

—Si es verdad ¿por qué lo ha hecho?, ¿por qué no ha pensado en mí?

—Nunca ha dejado de pensar en ti.

—No es verdad, ha sido un cobarde.

—Todo lo contrario. ¿Con qué frecuencia solía llamarte por teléfono?

—Todas las noches.

—Y en los diez días antes de matarse, ¿cuántas veces te llamó?

—Ninguna.

—¿Entiendes por qué?

Davide se queda callado.

—Porque no era capaz. Podía fingir con todo el mundo, pero contigo no. No podía oír tu voz y hacer ver que no pasaba nada. Eras demasiado importante para él.

Afuera empieza a anochecer. Los contornos del paisaje se difuminan con la niebla, parece que en el universo no exista nada más que este espacio microscópico, un cálido habitáculo en el que cabemos los dos. Mi voz y la respiración del chico.

—En nuestros momentos más felices siempre me decía lo mismo: «Eres la segunda cosa más bonita de mi vida». ¿Sabes cuál era la primera?

Davide me mira, consciente del sentido retórico de la pregunta.

—Eras tú. También solía decir: «He cometido muchos errores en mi vida, pero al menos hay algo que he hecho bien».

Con su silencio, Davide me autoriza de forma implícita a seguir hablando.

—Nunca podremos saber cuán profundo era el dolor que lo llevó a suicidarse. Pero hay algo que no admite dudas: esa fue la razón por la que dejó de llamarte aquellos días. Había decidido acabar con todo y tú eras el único vínculo que aún lo ataba a la vida.

Davide se echa a llorar. Dos gruesos lagrimones resbalan por sus mejillas, sin que pueda ni quiera aguantarse.

Yo aparto la mirada, que pierdo en la nada que tenemos enfrente. Respeto su conmoción y le doy a entender que puede desahogarse.

Durante un par de minutos permanecemos suspendidos en este emotivo silencio.

Es él quien rompe el silencio:

—Gracias. Ahora entiendo por qué querías verme —dice. Se sorbe los mocos y añade—: Estos días he seguido pensando que si papá hizo lo que hizo fue porque yo no le importaba. Pero me has hecho comprender que me quería de verdad.

Ahora soy yo quien se emociona. Es mucho más de lo que me esperaba de un chiquillo.

En este páramo de dolor absurdo que me rodea, donde nada parece tener sentido, al menos he logrado algo bueno: restituirle un padre a un hijo.

Por una vez, puedo sentirme orgulloso.

El dolor me asalta de repente, me tiende trampas. A menudo me sorprende en lugares inoportunos, en momentos casuales, con una rapidez brutal e imparable.

Una escena típica: estoy en la agencia, en el tramo de escaleras que lleva de una planta a otra, recién salido de una reunión. Al apoyar un pie en el escalón tengo un rapto de conciencia: vuelve a mi mente aquel pensamiento invasivo y caníbal que intentaba mantener a raya con compromisos laborales, con horarios de oficina, con quehaceres cotidianos, con las reglas de una sociedad productiva.

Es difícil explicar este mecanismo: es como si la mente arrinconara un concepto y lo dejase de lado por un tiempo, hasta que, casi reclamando con virulencia el lugar que le corresponde, esta idea vuelve al centro de tus pensamientos, borra el resto y se coloca, inexorable, en primer plano. Todo sucede en un abrir y cerrar de ojos, como una bofetada.

Me quedo en las escaleras, jadeando. Las lágrimas asoman, forman un torrente, empiezo a sollozar, no logro mantenerme en pie, me desplomo en los peldaños, no puedo contenerme, me abandono a un llanto desatado, a un lamento que es un gemido.

La suerte podría apiadarse de mí. Las escaleras podrían estar desiertas durante algunos minutos. No es tan frecuente la necesidad de desplazarse de un piso a otro.

También hay ascensores. No estaría mal ahorrarse la vergüenza, disponer de un paréntesis de soledad.

Pero no.

Oigo unos pasos que se acercan, pero no soy capaz de reaccionar: dejar de llorar, levantarme, huir de allí. No poseo esta facultad, no en momentos como este. Me quedo aquí, que sea lo que Dios quiera.

La agencia donde trabajo es propiedad de tres socios. Dos creativos y un gerente. Con el Número Uno y el Número Dos, los creativos, tengo relaciones cotidianas, una intimidad dictada por un trato profesional constante. Al Número Tres lo veo de vez en cuando, casi no nos hemos dirigido la palabra, ni siquiera sé si sabe mi nombre.

Y es justamente el Número Tres el que se cruza conmigo en las escaleras.

La escena es la siguiente: yo estoy hecho un ovillo, sollozando; él sube deprisa, con un documento en la mano, en una actitud que delata urgencia.

Me ve y se queda clavado: ¿cómo hay que comportarse en una situación así?

¿Qué hace un hombre ante otro hombre que está desesperado?

¿Y un jefe con un empleado?

¿Existen reglas para circunstancias de este tipo?

Cruzamos una simple mirada. No sé cómo, pero el mensaje llega.

El Número Tres no dice ni hace nada. Reanuda la marcha, pasa a mi lado, me deja atrás.

Yo sigo inmerso en mi llanto, infinitamente agradecido por haber sido ignorado.

Cinco meses después.

Es primavera. La agencia organiza una pequeña fiesta. Un brindis por haber ganado una cuenta importante de un cliente internacional, con un presupuesto considerable en comparación con los estándares italianos; los socios están visiblemente satisfechos.

A estas alturas me desenvuelvo mucho mejor en público. He aprendido a gestionar la postración en privado, a no llorar a moco tendido delante de amigos y desconocidos, a ser sociable cuando corresponde.

Como ahora.

Estoy rodeado de compañeros, con una copa de cava en la mano. Ellos ríen, beben. Yo también bebo. Sonrío.

El Número Uno ha pronunciado un discursito inicial en el que felicita a toda la agencia; luego hemos brindado. Media horita de cháchara alcohólica antes de irnos todos a casa.

En este momento de serenidad difusa, de alegría empresarial, sucede algo absurdo: el Número Tres cruza la sala, viene a mi encuentro y, delante de todos, me da un abrazo. Un abrazo sincero, no un gesto de cortesía. Un abrazo afectuoso, como el que podrían darse dos amigos que no se ven desde hace tiempo, dos hermanos que vuelven a encontrarse. Un abrazo que deja a los presentes maravillados.

El Número Tres es el socio más reservado, el más distante, al que nosotros, los creativos, conocemos menos. Es raro que muestre confianza con alguno de nosotros. Que nos abrace es inaudito.

Estamos dando un espectáculo.

Hace tiempo que soy inmune a la exposición pública, a la curiosidad que despierta mi dolor. Y, aun así, no puedo negar que me he quedado estupefacto.

Mientras me abraza, el Número Tres me dice:

—Me alegra mucho ver que estás un poco mejor.

No le hace falta añadir nada más. Lo entiendo.

No ha sido un abrazo de empresa. No tiene nada que ver con el festejo entre compañeros, con los parabienes.

Es aquel abrazo que implosionó, la reacción que reprimió el día que nos cruzamos en las escaleras. Es un gesto que ha necesitado meses para salir a la luz, para concretarse.

La compasión humana a veces tiene unos tiempos que hay que respetar. Él los ha respetado.

(Poco después descubriré que un colega ambicioso, confundiendo ese abrazo con una ostentosa manifestación de reconocimiento profesional, temiendo quién sabe qué ascenso, un salto en mi carrera, ha corrido a contarle que estoy haciendo entrevistas de trabajo para dejar la empresa. Una trola. Un intento de desacreditarme. Una mezquindad gratuita a la que a duras penas reacciono. Cuando me entero voy de inmediato al despacho del Número Tres y le aclaro que el rumor es del todo infundado. Que no estoy buscando trabajo. Que en este momento de mi vida es hasta absurdo pensar que yo pueda tener espacio mental para plantearme nuevas aventuras profesionales. Me agradece la explicación, confiesa que a él la noticia también le ha parecido inverosímil. Al compañero maldiciente, en cambio, no le hago ningún reproche. No estoy en condiciones de asumir ningún enfrentamiento. Pelearme por cuestiones laborales me parece un sinsentido absoluto. Todas mis energías están puestas en otra tarea: tratar de sobrevivir.)

Intento recordar cómo fue la primera noche que volví a pasar solo en aquel piso.

Los días posteriores al fallecimiento de S. me instalé en casa de mis padres. Me quedé allí una semana, más o menos. Después del funeral me reincorporé al trabajo y un par de días más tarde volví al piso. Solo, por decisión propia.

Pero ¿cómo fue aquella primera noche? ¿Dormí? ¿Me quedé observando la oscuridad con los ojos abiertos de par en par y la ansiedad en el pecho? ¿Lloré, chillé? ¿Estaba resignado, tranquilo?

Juro que no me acuerdo. Esto también lo he borrado.

Es curioso cómo funciona la memoria después de un shock: ciertas imágenes resultan indelebles y otras se esfuman, y al parecer sin criterio. Un puzle cuyas piezas son de colores muy vivos, pero al que le faltan zonas enteras.

Rememorar aquel periodo es como excavar en busca de una civilización sepultada: muchas cosas se han perdido sin remedio.

En este tapiz rasgado, hecho de olvidos y recuerdos nítidos sin orden ni conexión, cuyo dibujo no estará nunca completo, tengo dos recuerdos cristalinos del día de la tragedia.

El primero: que mientras gritaba «¡Ayuda!» en la escalera, un pensamiento muy concreto me atravesó la mente. Este es el momento más doloroso de tu vida, me dije. Un destello de lucidez: Pase lo que pase, nunca me ocurrirá nada comparable.

(Es absurda la capacidad de la mente para elaborar un razonamiento tan clarividente en un momento en que nuestra conciencia está hecha trizas, inutilizada.)

El segundo: cuando los hombres que depositaron el cuerpo de S. en el suelo se fueron y me dejaron a solas con el cadáver, me arrodillé y lo toqué. Le acaricié el rostro. Estaba frío. O quizá no, no era una sensación térmica: noté que estaba inerte.

S. ya no está, pensé. S. ya no habita este cuerpo.

En las películas, en las series de televisión, en las conexiones desde territorios bombardeados del telediario, vemos continuamente escenas de parientes desconsolados que no pueden separarse del cuerpo de su ser querido. Lo tocan, lo abrazan, le besan la frente y los labios por última vez. Quieren prolongar esta cercanía, la última posible.

Yo no sentí nada de eso. Me levanté y me fui a la otra habitación. Estar a su lado ya no tenía sentido.

Lo recuerdo muy bien.

La certeza de haberlo perdido definitivamente y de tener, en su lugar, tan solo los restos.

Una carcasa.

S. ya no estaba allí.

(«Cuando vuelvas yo ya no estaré.»)

Si escribo este libro a base de fragmentos es porque no dispongo de nada más.

Escombros, debería llamarlos, haciendo honor a la metáfora de la civilización sepultada que acabo de usar. O vestigios.

Pedazos, en cualquier caso.

Al escribir modifico algunos detalles. Compongo secuencias diversas. Traslado cosas y personas en el tiempo. También lo hice en mis anteriores libros autobiográficos. Me interesa la verdad, no la correspondencia exacta con la realidad. Siempre he pensado que se trata de dos conceptos separados: cuando escribes debes poner orden, transformar la vida en literatura. Tienes que dotarla de sentido para quien te lee, no reproducir secuencias ilógicas.

Esto no es un diario.

A veces las cosas ocurrieron exactamente como las describo y a veces las he modificado en atención al escritor que llevo dentro.

Si he trastocado la cronología de algunos hechos, si he alterado fechas y nombres, es porque el filtro del narrador es más eficaz que el del mero cronista.

Si alguien me preguntara qué hay de verdadero en este libro, respondería, sin vacilar: todo.

Las cosas que nos pasan son verdaderas. Las historias que contamos sobre ellas son escritura.

LIDIA YUKNAVITCH, *La cronología del agua*

El compositor francés Erik Satie abrió su libro de memorias *Cuadernos de un mamífero* con esta frase: «Me llamo Erik Satie, como todo el mundo».

Yo me llamo Matteo Bianchi, como mucha otra gente.

En el caso de Satie, era una hipérbole literaria surrealista; en el mío, una constatación.

Bianchi es el tercer apellido más común en Italia y, según los datos que he encontrado en la red, aproximadamente uno de cada setecientos habitantes se llama Matteo. De ahí que la combinación Matteo Bianchi sea muy frecuente.

Cuando estudiaba en la universidad, hubo dos ocasiones en que, al pedir en Secretaría mi certificado de exámenes actualizado, me entregaron el de un homónimo mío.

Cuando todavía era habitual llevar a revelar los carretes a un laboratorio, iba a recoger mis copias y me entregaban las de las vacaciones de otra persona.

Cuando intentaron clonarme la tarjeta de crédito, el operador telefónico con el que hablé para que la bloqueara tenía mi mismo nombre y apellido.

Cuando dejé la agencia publicitaria donde había trabajado durante siete años, entre los candidatos que se postularon para ocupar mi lugar había otro Matteo Bianchi. No lo contrataron, quizá para evitar confundir a mis compañeros y a clientes, pero el riesgo de ser sustituido por alguien que se llamaba igual me pareció la prueba concluyente de mi destino de persona anónima.

Una vez, por pura curiosidad, hice una búsqueda sobre los Matteo Bianchi. Encontré de todo: un periodista, un cineasta, un ciclista, un autor de cuentos para niños, un farmacéutico, un cantautor, un alcalde de la Lega, un médico especializado en deporte, un investigador científico, un futbolista...

Un ejército de falsos yo.

Pronto me acostumbré a un nombre que, en vez de identificarme, me convertía en uno del montón. El Registro Civil como una condena a la impersonalidad.

Entre los motivos por los que decidí escribir este libro también figura mi anonimato, que por una vez tiene un sentido simbólico y concreto.

Que sea yo o no carece de importancia. Porque sé perfectamente que si has vivido la misma experiencia, entonces has sentido las mismas cosas. Eres tan Matteo Bianchi como yo. Quizá cambien las circunstancias, el tiempo, la edad, la relación, el sexo: pero estos detalles, como bien sabemos, son lo de menos.

Me invitan a dar una charla en un congreso de tres días en Turín, unas jornadas internacionales de trabajo con decenas de participantes. No conozco a ninguno de mis colegas, pero agradezco la oportunidad de estar en un ambiente novedoso con gente a la que no he visto nunca.

S. murió hace seis meses.

En el restaurante del hotel donde se celebra el congreso los asientos no están asignados, y en la primera pausa para comer acabo compartiendo mesa con un holandés, un afroamericano de Miami, una canadiense, un belga, una brasileña y otro italiano, de Roma.

La incomodidad inicial dura poco; al rato nos ponemos a hablar como si nos conociéramos de toda la vida. La casualidad que nos ha reunido en la misma mesa se transforma al instante en un vínculo. Acabamos pasando juntos esos tres días. El congreso, los almuerzos, las cenas, las noches de copas en los bares de la ciudad.

Ser un desconocido entre desconocidos es relajante, la atmósfera de compañerismo que se ha creado entre nosotros, destinada a durar un lapso de tiempo limitado, tiene algo mágico. Cada uno de nosotros lo reconoce.

La última noche del congreso tengo un sueño extraordinario.

Estoy en un enorme parque temático y paseo intrigado entre las diferentes atracciones. Me acerco a un tiovivo compuesto por una rueda horizontal de la que cuelgan sillitas de dos plazas. Decido montar y ocupo un asiento yo solo. El tiovivo se pone en marcha y al principio gira despacio, luego coge velocidad y la experiencia empieza a gustarme. Es más, me digo que hacía mucho tiempo que no me subía a una atracción como esta y que había olvidado lo divertido que puede llegar a ser. La velocidad del carrusel se vuelve vertiginosa, ahora ya no logro distinguir las caras de los ocupantes de las demás sillitas, todo es demasiado frenético y confuso, pero esta velocidad desbocada, en vez de preocuparme, me hace reír hasta las lágrimas. De golpe, mi sillita se desprende del tiovivo y salgo disparado hacia el cielo. No tengo miedo. Al contrario, estoy extasiado. Estoy volando hacia el cielo, el viento me despeina, la tierra se aleja bajo mis pies, he emprendido un viaje imprevisible y es una sensación estupenda. Con una repentina intuición racional me doy cuenta de que soy feliz, feliz como no lo he sido en meses. Y es justo entonces cuando ocurre: oigo la voz de S. a mi lado, susurrándome al oído: «Esta felicidad es mi regalo. Feliz cumpleaños».

Me despierto al instante.

Es la mañana del 18 de abril: se me había olvidado, pero es mi cumpleaños.

Esta felicidad es mi regalo.

Sigue siendo el sueño más hermoso que he tenido nunca.

(A pesar de las promesas y los proyectos, los participantes de aquellas jornadas de Turín no volveremos a vernos. Demasiado alejados entre nosotros, demasiado fortuitas las circunstancias de nuestro encuentro inicial.)

Al cabo de unos meses, me encontraré al chico belga en un festival. Nos da tiempo a saludarnos y darnos un abrazo, a comprender que aquella alquimia mágica fue el fruto de unas circunstancias particulares y que habría sido imposible recuperarla o recrearla en otro lugar.

Aun así, años más tarde me entero por azar de que la mujer canadiense, la más veterana del grupo, ha abandonado el sector de la comunicación para dedicarse a la cocina y ha publicado un libro de memorias en una pequeña editorial. Consigo encontrarlo en la web norteamericana de Amazon y lo encargo. Para mi sorpresa, el libro también rememora la semana turinesa, un claro indicio de que para ella, como para todos nosotros, se trató de un momento sorprendente y significativo. El párrafo ocupa poco más de una página y es muy afectuoso. Habla de los demás de manera realista; en cambio, a mí me describe como «un creativo italiano de mediana edad». Por aquel entonces yo tenía treinta y tres años; me pregunto por qué me presenta como un cincuentón, pero luego caigo en la cuenta. Los seis meses transcurridos desde la muerte de S. equivalían a veinte años, me habían transformado físicamente, me habían adelgazado, encanecido el pelo y cambiado el carácter. Había dejado de ser un tipo atolondrado y risueño para convertirme en un hombre reflexivo que escuchaba mucho y prefería sonreír en vez de participar en las conversaciones, que permanecía al margen de la vida y la veía pasar. Era un anciano, lo de mediana edad era una definición generosa. Así era como me había conocido y me recordaba una extraña de ultramar.

Dejó unas cuantas cartas. Para su hijo, para su exmujer, para su hermana, para mí.

A mí no solo me dejó aquella última carta, sino también un cuaderno con decenas de cartas que había escrito a lo largo de los últimos meses. Un libro de despedida en toda regla.

Él, que no tenía la costumbre de escribir, que no leía novelas, que era todo trabajo manual y nada de meditación, escribió durante semanas las palabras que acompañarían nuestra separación.

Leí el cuaderno una sola vez, en los días que siguieron a su suicidio. Luego lo guardé en un cajón y no he vuelto a tocarlo nunca más, pero es el gesto que más le agradezco, la justificación de mi supervivencia. En sus páginas escribe varias veces que la resolución extrema que estaba a punto de llevar a cabo tenía que ver con él, con la congoja que lo devoraba por dentro, no con nuestra separación.

Me absolvía.

Debería recuperar el cuaderno, releer sus largos mensajes de despedida, pero dudo que algún día reúna el coraje necesario para hacerlo.

Sería como poner la mano en el fuego sabiendo perfectamente hasta qué punto puede quemar.

Años después de la tragedia, una tarde de verano, de vacaciones.

Estoy con un grupo de amigos, hemos alquilado una casa frente al mar, en una de las islas Eolias.

Estamos tomando vino en la terraza antes de salir a cenar. Surge una discusión sobre una tontería, que desemboca inesperadamente en una pelea. Uno del grupo muestra una agresividad que no había expresado hasta este momento, y se ensaña especialmente conmigo.

Su actitud me sorprende, somos amigos desde hace tiempo y hasta ahora nunca había dado muestra alguna de inquina hacia mí, no sé qué mosca le ha picado.

Acto seguido, sin que tenga nada que ver con el tema de la discusión, decide airear ante la concurrencia algunos detalles de mi vida privada.

Las flaquezas, las mezquindades de los días posteriores al suicidio. Confidencias que le había hecho desde el fondo de mi abismo. Las declinaciones más íntimas de mi malestar proclamadas a los cuatro vientos por despecho.

Sabe en qué dirección debe apuntar el arma para herirme de gravedad, yo mismo se lo revelé. Cómo disfruta ahora, apretando el gatillo.

No soy un tipo impulsivo. Incluso en estas circunstancias, me limito a decirle dos cosas:

Primera: «Eres un cabronazo».

Segunda: «Esto no te lo perdono».

Como dice la canción: «Si prometo, luego cumplo».

En los meses siguientes intentará reparar el daño de alguna manera. Me llamará. Me propondrá que nos veamos, para justificarse.

Siempre respondo con el mismo monosílabo: no.

Lo hago desaparecer para siempre, como en un número de ilusionismo.

(Ya os he dicho que me he vuelto invencible, que ahora tengo poderes.)

Cuando tenía unos veinte años tuve una historia con un chico de mi edad que duró unos meses y terminó bruscamente cuando descubrí que él llevaba semanas engañándome con otro. La misma noche en que me enteré de su infidelidad me presenté en su estudio para pedirle explicaciones. Él ni siquiera intentó fingir que era inocente y aguantó mi ataque de ira con serena resignación. En calidad de enamorado herido, grité y derramé alguna lágrima, consciente de que aquella pelea ponía fin a nuestra relación. En el fragor del momento me quité los zapatos y los calcetines y me pasé un rato dando vueltas descalzo por la habitación antes de volver a ponérmelos. Era pleno invierno y aquel gesto no tenía ningún sentido. Probablemente me habría olvidado del asunto si no fuese porque al cabo de unos meses —cuando la tormenta había amainado y volvimos a vernos como personas civilizadas— él me pidió explicaciones. De pronto recordé el comportamiento insensato que había tenido en un momento de desesperación y que enseguida había enterrado en el olvido. Comprendí que se había tratado de una suspensión momentánea de la realidad, un arrebato de locura pasajera e inocente que brotó mientras mi corazón estaba hecho añicos y mi mente intentaba asimilar el golpe. Un apagón temporal del sentido, un gesto carente de lógica en unas circunstancias en las sentía que debía hacer algo a cualquier precio, sin que hubiese nada que hacer.

Lo cual demuestra que la pérdida del juicio siempre está cerca, a tiro de piedra. Que la turbación, el pánico y el dolor pueden arrasar con todo e imponerse por unos instantes.

El mero hecho de reconocerlo resulta espantoso.

A veces me aterra la posibilidad de que un sufrimiento tan intenso me conduzca a la locura.

Me da miedo, porque de vez en cuando me ocurre, aunque solo sea por unos instantes. Cuando me doy cuenta me quedo paralizado: ¿y si en un momento dado ya no me diese cuenta?

Una noche estoy volviendo en coche a casa de mis padres.

Salgo de la ciudad y me adentro en el campo, reconfortado por la familiaridad del paisaje de arrozales y sembradíos que me ha visto crecer.

Caigo en la cuenta de que hace días que no veo a S. ni sé nada de él. ¿A qué se debe?, me pregunto. ¿Por qué estoy dejando pasar tanto tiempo? En cuanto llegue a casa lo llamaré. Quiero saber cómo está, cuándo volveremos a vernos.

Estos son mis pensamientos mientras conduzco, en el tráfico escaso y tranquilo de estas carreteras secundarias, mientras una bandada de pájaros sobrevuela los maizales incendiados por el ocaso. Siento una paz extraña, la sutil alegría que te proporciona haber tomado una decisión correcta (vuelvo a casa, lo llamaré).

Hasta que, de golpe, el sentido de la realidad se me echa encima. Como un velo que se desgarra, la conciencia narcotizada se despierta.

S. está muerto.

No lo veo ni hablo con él desde hace dos semanas porque está muerto.

¿Cómo he podido olvidarlo? ¿Cómo he podido razonar durante unos minutos a espaldas de esta verdad?

Estoy tan trastornado que me veo obligado a frenar y detener el coche en el arcén.

Me he quedado sin aliento.

Nunca me había pasado nada semejante. Me doy cuenta de que durante un tramo del camino la trágica realidad que estoy viviendo ha sido sustituida por otra, un mundo idéntico y paralelo donde todo era igual excepto por un detalle: S. aún estaba vivo.

Así pues, ¿será esto la locura? Dar por buena, por *verdadera*, una representación más aceptable de la realidad; la mente renuncia a la verdad y la sustituye por su forma más cercana e inocua.

Esto es lo que me ha ocurrido por unos instantes.

Ahora sé qué sucede.

Me quedo ahí, trastornado y aturdido, tratando de recuperar el ritmo regular de la respiración, mientras una fila de coches desfila a un lado.

Volved a casa, huid de la locura, vosotros que podéis.

Volviendo a mis veinte años y a aquel chico que me rompió el corazón, recuerdo que quise desafiar a la muerte: aquella misma noche, al regresar de su casa, mientras conducía sumido en el desconsuelo y la desesperación, decidí no detenerme ante una señal luminosa de stop y atravesar el cruce con el semáforo en rojo.

A decir verdad, había muy pocas posibilidades de que me pasara nada grave. Era tarde y estaba en una carretera poco concurrida de la periferia. Salí ileso del cruce.

No sé qué esperaba, un accidente, una colisión, hacerme daño o herir a la persona que me hacía sufrir, a lo mejor solo quería darme un susto o someterme a una experiencia extrema. Una mezcla confusa de todas estas cosas.

En los días siguientes, recobrada la cordura, pensé en aquel suceso con preocupación, pero también con cierta dosis de arrogancia. «Menuda gilipollez», me repetía, empleando conmigo mismo este término inocuo («gilipollez») que minimizaba el riesgo y lo relegaba al ámbito de lo goliardesco.

Quizá le ocurre a todo el mundo, quizá nos ocurra a todos, de jóvenes: nos medimos en actos temerarios, ponemos a prueba la sensación de inmortalidad propia de la edad, la omnipotencia tumultuosa que corre por nuestras venas.

Ahora pienso con horror en aquel episodio, en la tragedia potencial que contenía y de la cual yo no era en absoluto consciente.

Quizá la experiencia también consista en esto: una forma de terror retroactivo.

Descubrí que en las semanas previas al suicidio S. había hecho unas cuantas compras absurdas, entre otras cosas un móvil carísimo, de última generación, así como algunos aparatos electrónicos. Los había comprado gracias a un sistema de financiación que ofrecía el mismo vendedor.

Otro indicio que demostraba hasta qué punto estaba decidido a acabar con su vida: no podía permitirse esas compras, pero sabía perfectamente que nunca iba a tener que pagarlas.

Casi un corte de mangas al capitalismo.

Acabo por convencerme de que la terapia individual no funciona conmigo. Quizá debería probar la terapia de grupo, compartir mi malestar con otras personas que sufren puede ser un lenitivo que la sesión individual no será nunca.

Estoy dispuesto a intentar todas las vías.

Busco información y obtengo el nombre de un coordinador. Llamo y le pido cita. Al principio me propone unos horarios incompatibles con mi trabajo, pero finalmente accede a verme durante la pausa del almuerzo. Resulta que su estudio está en el centro, no muy lejos de la agencia. El día de la cita acudo a pie, estoy a doce minutos andando.

El terapeuta es italiano, pero hay algo de Oriente Medio en su aspecto. Rastros de ADN de sus antepasados, especulo. Es un hombre apuesto: pelo negro corto y rizado, labios carnosos, parece un actor de una serie de médicos. Habla de forma sosegada, extremadamente reconfortante.

Mientras le expongo mi historia no interrumpe nunca el contacto visual. De vez en cuando asiente con gravedad.

Después de haberle expuesto todo lo que he vivido en los últimos meses, llego al meollo de la cuestión:

—Ya he ido a otros terapeutas, pero tengo la sensación de que las sesiones individuales no funcionan conmigo. Es como si nada pudiese tocarme, llegar a las profundidades. ¿Sabe a qué me refiero?

—Por supuesto —contesta, exhibiendo una sonrisa profesional.

—Por eso he pensado que quizá, no lo sé, encontrarme con otras personas puede actuar en un plano emocional diferente...

—Así es. Tener delante a personas que han decidido exponer su propio dolor, sus preocupaciones, ayuda mucho a aumentar el sentido de empatía, nos empuja a abrirnos y a compartir nuestra carga con los demás.

—¿Puedo preguntarle qué tipo de traumas han sufrido los otros participantes del grupo?

—Oh, son de lo más variados. Hay quien sufre por la pérdida de un padre, aunque fuese anciano; quien proviene de otra ciudad y siente que no puede adaptarse a la vida en una metrópolis como Milán; mujeres con cargos de responsabilidad que deben gestionar cada día el estrés que comporta su posición... Es un grupo realmente heterogéneo.

El doctor parece valorar con satisfacción la lista sumaria que acaba de proporcionarme. Yo, en cambio, no salgo de mi asombro: adultos que han perdido a su padre anciano y tránsfugas a los que les cuesta adaptarse a un nuevo ambiente... Si eso son traumas, ¿qué estoy viviendo yo? ¿El holocausto?

Intento dar con la formulación menos ofensiva para hacerle la pregunta:

—Entiendo que son problemas importantes, pero me pregunto si hay alguien que haya sufrido, ¿cómo decirlo?, *heridas* como la mía.

Se lo piensa un momento y luego sacude la cabeza.

—No. Diría que su caso probablemente sea el más traumático.

Finalmente repara en la perplejidad que se dibuja en mi rostro.

—Oh, pero no se trata de hacer comparaciones. No es una competición para ver quién sufre más. En estas circunstancias, es la experiencia de grupo lo que cuenta. Cada uno tiene sus motivos para participar en los encuentros y no hay razones más o menos válidas que otras. Espero que pueda entenderlo.

Quizá lleve razón. ¿En qué me estoy convirtiendo? ¿En un esnob del dolor? ¿Es mi tragedia peor que la tuya?

—Antes de formarse una idea preconcebida, intente participar en una sesión —concluye.

Estoy de acuerdo.

Me dice que el próximo encuentro está previsto para dentro de diez días, en este estudio, a la hora del almuerzo.

—¿Cuento con usted entre los participantes?

—Sí, con mucho gusto.

El día antes del encuentro, a primera hora de la tarde, recibo una llamada suya en la agencia.

—Soy el doctor Ripamonti.

—Ah, buenas tardes, doctor.

—Quería saber por qué no ha venido hoy.

Escucho su pregunta con incredulidad.

—Creía que era otro día... —me apresuro a contestar mientras busco mi agenda en la mochila.

—La sesión ha tenido lugar hoy —corrobora.

Ojeo las páginas de la agenda y veo mi nota escrita a mano.

—Lo apunté en la agenda: el martes a la una de la tarde.

—Era hoy lunes. Lo apuntó mal.

Los dos nos quedamos callados.

En términos freudianos, a esto se le llama «acto fallido». Es un error inconsciente, como cuando temes que tu mujer descubra que bebes a escondidas y te dejas la botella de whisky en la encimera de la cocina, o cuando aceptas de mala gana participar en un viaje y el día de la salida te tuerces el tobillo en la estación. Es tu mente, que te traiciona a través de un gesto del cuerpo. Tu yo más profundo, que se manifiesta y toma las decisiones que tú no has sido capaz de tomar conscientemente.

He estudiado psicología, lo sé. Él también lo sabe.

—Espero su llamada —me dice, y cuelga.

Los dos sabemos qué significan estas palabras. Que nunca más volveré a llamar.

He perdido al hombre con el que viví durante siete años. Habría tenido que contárselo a ejecutivas estresadas.

Buscaos una vida, estúpidas.

Una noche de noviembre, en Cuneo con motivo de un festival literario.

Estoy cenando con una periodista, también invitada al evento, a la que he conocido esa misma tarde. Entre nosotros se da una avenencia instintiva, hasta el punto de que ella propone alargar la velada y tomar algo en un pub de la zona. Acepto.

El alcohol fluidifica la conversación, que se vuelve más íntima. Hemos pasado de desconocidos a confidentes en pocas horas, como de vez en cuando, de forma inexplicable, puede suceder.

En un momento dado extiende la mano derecha para coger una botella de agua que el camarero acaba de dejar en la mesa y de pronto las veo. Unas cicatrices verticales que corren por las venas de la muñeca. Ella advierte mi mirada, pero no se inmuta. Me observa con ojos serenos, límpidos.

Es otra confidencia que tiene lugar entre nosotros, esta vez sin que hagan falta palabras.

No volveré a verla.

La periodista morirá al cabo de un año, joven, en una zona de guerra.

Un riesgo que estaba dispuesta a correr más que otros.

Yo no tenía ninguna experiencia con el suicidio. Quiero decir que no conocía a nadie que hubiera perdido a un amigo, a su esposa o a un hermano por culpa de un acto autodestructivo. Lees sobre suicidas en una novela o en los periódicos, son cosas que pasan en las familias desestructuradas o en circunstancias excepcionales. A ti no te pasan.

Parte del desconcierto, de la sensación de alienación que experimentaba después de la desaparición de S. tenía que ver con esto: con la excepcionalidad del gesto. Yo mismo había pasado a formar parte de aquel acontecimiento extraordinario en un sentido trágico.

La gente hablaba de mí, en mi edificio, en la agencia donde trabajaba, en los círculos de amigos y de conocidos. Yo era el infeliz protagonista de un raro acontecimiento.

Y no tenía términos de comparación, no tenía modelos a los que acudir.

Creía que mi sufrimiento era único, perversamente especial.

Siempre he buscado formas de salvación en los libros.

(¿Cómo se las arregla la gente para sobrevivir sin libros?)

Esta vez, sin embargo, resulta difícil: los textos que analizan el tema, incluso desde un punto de vista científico, son escasos, casi nulos. Tengo que acudir a otras fuentes.

Para bien o para mal, encuentro una forma de consuelo en libros vergonzosos, vergonzosos a tenor de su contenido y de mi nivel intelectivo, libros que en otro momento habría ridiculizado y despreciado: los libros de videntes.

Los leo con la misma fruición de quien, ante la imposibilidad de viajar, compra revistas con imágenes de islas exóticas para soñar que tarde o temprano las visitará. (He oído decir que la mayoría de las personas que compran revistas de viajes nunca se mueven de su casa: hojear esas páginas es la sublimación de trayectos que nunca harán.)

No me creo lo que cuentan los videntes en estos libros pueriles y sensacionalistas, pero espero que tengan razón.

El contenido siempre es una variante del mismo concepto: los difuntos están bien, han llegado a un lugar de paz, quieren comunicarse con sus parientes que siguen vivos para tranquilizarlos, pues desde el más allá (sea cual sea la forma que pueda adoptar) velan por ellos, los aman y los protegen.

Uno de los videntes habla del amor más allá de la vida, de historias de personas que se han querido a través de los siglos y que logran evocar sus relaciones pasadas mediante la hipnosis regresiva. En otro momento me habría parecido asfixiante y limitadora la hipótesis de que estamos destinados a replicar la misma relación sentimental en el tiempo, una forma de obsesión inconsciente (por otra parte, en otro momento nunca se me habría ocurrido leer semejante libro): en cambio, ahora es un consuelo. S. y yo nos amamos en su día y volveremos a amarnos. La separación actual no es más que un alto en el camino, un hiato momentáneo en la relación eterna que nos une y que está destinada a perdurar hasta el infinito. Me sienta bien pensar en estos términos, llevar el asunto al terreno de novela de fantasía para señoritas. En el fondo, si unas amas de casa de mediana edad y con sobrepeso, casadas con obreros con la mano larga, leen las novelas Harmony para soñar con fornidos herederos que vendrán a rescatarlas, ¿por qué iba a tener yo derecho a buscar consuelo en hipótesis trascendentales que ofrecen una tregua al dolor que me encadena a la tierra desde hace meses?

También me doy justificaciones estadísticas: si todos estos libros se encuentran en la librería, si tanta gente cree en ellos, si todos los videntes explican las mismas cosas, algo de verdad habrá, ¿no?

Leo libros que me cuentan esta verdad, y la acepto de buen grado.

La periodista estadounidense Amy Biancolli, superviviente de la muerte de su marido, con tres hijos a su cargo, examina los aspectos prácticos del postsuicidio en una TED Talk que se puede ver en YouTube. La conferencia se titula «Aún estás aquí: vivir después de un suicidio». Hacia la mitad Biancolli cuenta que hizo una lista. Un listado de acciones que colgó en la puerta de la nevera de su casa para poder verlo cada día, varias veces al día.

La lista incluye una cantidad de tareas que todos damos por sentadas, pero que después de un shock de tal magnitud no son tan automáticas. Cosas como: Vive, Mantente presente, Reza, Sonríe, Ama.

Biancolli se recuerda a sí misma que tiene el deber de seguir viviendo (para sus hijos, por ejemplo), de procurar sonreír siempre que sea posible, de seguir amando (volver a amar puede ser terrorífico, porque sabes cuánto duele perder a alguien y quizá no quieras exponerte más a semejante riesgo).

La lista también dice: Aprende cosas nuevas. Ella decidió apuntarse a clases de violín de jazz.

A un espectador externo estas acciones básicas, aunque se den por sentadas, le pueden parecer lógicas. No así la exhortación a aprender cosas nuevas: no parece el momento adecuado para ponerse a estudiar o tomar lecciones. ¿Quién tiene las ganas, la fuerza y la concentración necesarias?

En cambio, esta invitación es la formulación simplificada de una perspectiva mucho más amplia y profunda: es una proyección hacia el futuro.

Aprender cosas nuevas significa avanzar, seguir creciendo, pensar en términos de evolución.

Los territorios no compartidos con la persona que has perdido, que no se añadirán a vuestros recuerdos en común, son el primer paso concreto hacia otra fase de la vida en la que los nuevos conocimientos serán *tuyos* y ya no *vuestros*.

Además de sobrevivir al presente, la lista le sirve para concebir de nuevo una forma de futuro.

(Yo pensé: estudiar violín de jazz es una pésima decisión. Y acto seguido: qué sensata, cómo la entiendo.)

Vuelve a escuchar música.
Apúntate al gimnasio.
Intenta escribir (cualquier cosa).
No ahuyentes demasiado a tus amigos.
Viaja a lugares donde nunca estuvisteis juntos.
Quédate en esta casa el tiempo que haga falta.

He aquí la lista que habría escrito yo.

(«Apúntate al gimnasio» era mi «Estudia violín de jazz», es evidente.)

Cuando ni siquiera ha pasado un mes desde la muerte de S., sobre las cuatro de la madrugada, suena el interfono. Me despierto de golpe. Me pregunto si estoy soñando. La casa está sumida en el silencio. Abajo, en la calle, se oye el rumor distante de los pocos coches que aún circulan a estas horas.

Un segundo timbrazo despeja mis dudas.

Me levanto y voy a contestar.

—¿Sí?

—¿S., eres tú? —pregunta la voz de un chico.

—¿Quién eres? —le pregunto a mi vez, pero no hay respuesta. Oigo una respiración contenida y luego un ruido de pasos.

Dejo el aparato colgando del cable y corro al dormitorio, a la ventana que da a la calle. Solo me da tiempo de entrever una silueta con tejanos y camiseta que dobla la esquina y desaparece de mi campo visual.

¿Quién era?

Desde luego, no era un amigo ni un conocido de ambos. Los amigos ya saben lo que ha pasado y nadie se presentaría en casa por sorpresa a las cuatro de la mañana. Tampoco se escaparían al oír mi voz.

Debe de ser alguien que se había relacionado con S. en los últimos tiempos. Un amante. Alguien que no tiene noticias suyas desde hace semanas y no sabe cómo obtenerlas, que llama a un móvil y descubre que ha sido dado de baja y que, en el cénit de la desesperación, espera encontrarlo en casa, mientras duerme.

Me quedo junto a la ventana, esperando contra toda lógica que vuelva sobre sus pasos, pero las aceras están vacías, nadie va ni viene.

La idea de que fuese un amante no me molesta, no me turba. Me da igual. Me da igual todo.

Solo querría que volviera, poder contarle lo que ha ocurrido.

Querría abrazarlo y llorar en su hombro.

Lo hemos perdido, le diría entre lágrimas. Lo hemos perdido para siempre. Y me aferraría a él, a este chico que ha compartido su cuerpo y su olor, a este hermano mío.

Tiziana tenía una amiga, Patrizia, de la que me hablaba de vez en cuando. Una mujer a la que había conocido de vacaciones, en la montaña, y que aseguraba tener poderes psíquicos. Sentía las cosas, predecía el futuro.

Yo me mostraba escéptico, pero ella garantizaba la eficacia de sus métodos.

—Te juro que ha dicho cosas sobre mí que nadie podía saber.

Para probarme su honestidad, me dijo que Patrizia no ejercía como vidente, sino que tenía un trabajo normal, de peluquera, y que reservaba su don al ámbito privado. Solo se permitía explotar sus facultades yendo de vez en cuando al casino a hacer saltar la banca (percibía los números que saldrían ganadores).

Yo consideraba a la peluquera y sus poderes como una historia divertida y no sentí la curiosidad de indagar más.

Una vez tuve ocasión de conocerla. Ella estaba en Milán de visita y pasó por la agencia para invitar a almorzar a Tiziana. En la oficina me estrechó la mano y nos presentamos. Solo nos dijimos el nombre, luego Tiziana cogió su chaqueta y salieron.

Al volver del almuerzo Tiziana me dijo que Patrizia había sentido que yo emanaba una energía positiva, que era una presencia benéfica.

Yo le tomé el pelo.

—Menudas gilipolleces. ¿Y qué habrías hecho si te hubiese dicho que soy una presencia negativa? ¿Cambiar de despacho? ¿Cambiar de trabajo?

Nos echamos a reír y eso fue todo.

Desde entonces no he vuelto a verla.

La mañana después del suicidio de S. llamé a Tiziana. Le pedí que avisara a la agencia de que iba a ausentarme del trabajo unos días. Quería que fuera ella quien explicase la situación, que contara lo que había ocurrido en mi lugar.

Quizá fue la única llamada que hice, que me obligué a hacer en aquellas primeras horas. Las otras las delegué.

Al teléfono procuré ser conciso. Una palabra de más y habría estallado.

Ella me escuchó en silencio y luego me dijo algo increíble:

—Esta noche me ha llamado Patrizia. Ha sentido que te había pasado algo espantoso.

—Tenía razón —dije, y colgué.

No podía explayarme más.

Más adelante pensé a menudo en lo extraordinario de esta circunstancia.

Soy consciente de que en esta historia aparecen varias videntes, una incongruencia para alguien que no cree en lo paranormal. Es más, que quizá no cree en nada. Aun así, la intervención de Patrizia es la más inexplicable y también la más significativa. Me pregunto por qué, en aquellos primeros meses de desconcierto y potencial apertura a lo incognoscible, no intenté volver a verla. No sé darme una respuesta. En aquella época no tenía la lucidez para tomar demasiadas decisiones. De algún modo era empujado hacia las cosas y me dejaba llevar.

Ahora, a veinte años de distancia, no tendría ningún sentido buscarla.

Aun así, este detalle me hace pensar en el llamado efecto mariposa. Había acontecido algo cósmico: S. dejó de batir sus alas y en el corazón de la noche una mujer que vivía en los Alpes sintió el terremoto que provocó en mi interior.

Y quien quiera creer, que crea.

A finales de los años noventa publiqué mi primera novela. Era la historia de mi adolescencia y mis primeros pasos en la edad adulta. El final del libro coincidía con el inicio de la convivencia con un hombre al que había conocido y del que me había enamorado.

Aquel hombre era S.

Cuando acabé de redactar el manuscrito y empecé a enviárselo a las editoriales para que lo leyeran, habían transcurrido seis años desde los hechos narrados y nuestra relación estaba atravesando una fuerte crisis.

Completé la versión definitiva del texto el verano en que rompimos.

S. se mató en noviembre de 1998.

El libro salió en mayo de 1999.

A raíz de su publicación, tuve que lidiar al mismo tiempo con el duelo aún reciente por su pérdida y con una gira por toda Italia para promocionar una novela que hablaba de él. Él vivo, solar, enamorado, feliz. Un retrato en clave extática. Y yo de gira para presentarlo.

La escritura me ha apasionado siempre, desde que era un niño y prefería quedarme en casa emborronando libretas mientras mis amigos se pelaban las rodillas jugando al balón en la placita que había debajo de casa.

Con diez años confeccionaba libritos doblando por la mitad las hojas que arrancaba del cuaderno, con título e ilustración de cubierta. Ediciones de un solo ejemplar, porque ignoraba la práctica de la duplicación y de la distribución. No suponía ningún problema: en el fondo, llenaba esas cuartillas para mí, por el placer de ver esos tomos falsos y diminutos encabezados con mi nombre. Eran historias de piratas, de submarinos, de dragones y princesas, de exploradores. No tenían la menor originalidad, eran malas réplicas de los cuentos que la maestra nos leía en la escuela. A menudo ni siquiera las acababa: me concentraba en el título y la cubierta, escribía alguna página hasta que era interrumpido por la cena, y al día siguiente ya tenía en la cabeza otro cuento, más entusiasmado por el proyecto que por su contenido. Practicaba mucho antes de tener algo que decir.

Esta querencia por la escritura permaneció durante mucho tiempo en secreto, como un hábito privado. Solo cuando ya estaba en la universidad admití que quería tomármelo en serio y por primera vez me puse a escribir textos con la intención de darlos a leer. Cuentos, sobre todo. Y una novela entera, que al final deseché sin enseñársela a nadie, porque comprendí que solo había sido un banco de pruebas, mi gimnasio personal para medirme con un proyecto más ambicioso. Flexionar los músculos para tomarles la medida.

No tenía prisa. Me daba tiempo.

Hiperactivo e impulsivo por naturaleza, a la hora de escribir, no sé cómo, he sabido ser lo que no he sido jamás en otros ámbitos: paciente.

Sin embargo, no dejaba de darle vueltas. Trataba de imaginar cómo sería publicar mi propio libro, con un editor de verdad, presentarlo en las librerías, conocer a los lectores.

Y cuando al fin llegó mi primer libro, lo hizo en el momento más inoportuno.

La primera presentación, la primera en sentido estricto, tuvo lugar en un cine, durante un festival. Recuerdo los nervios y la ansiedad de verme delante de una sala llena de gente. Estar allí me entusiasmaba y al mismo tiempo me horrorizaba, era una prueba de resistencia. Tenía la mirada clavada en el fondo de la sala, en unos rostros lejanos, es decir, en nadie en concreto. Estaba contento de estar allí y al mismo tiempo me sentía culpable de estar contento. Sonreía y contestaba como en trance las preguntas de la escritora que me presentaba. Tenía la sensación de estar alterado: el corazón me iba a mil por hora, la sangre se acumulaba en mis venas, las luces, la gente, el bullicio de la sala, los aplausos, como si el conjunto me embistiera y tuviese que aguantar el impacto. Es demasiado, me decía una voz interior, todo esto es demasiado.

Aquella presentación tenía lugar entre dos películas del festival, un cuarto de hora: mi umbral de resistencia.

Unos amigos que habían venido a darme apoyo estaban sentados en primera fila. Al finalizar el acto, uno de ellos me dijo:

—No has mirado hacia nosotros en ningún momento, ni una sola vez.

Porque yo no estaba aquí, hubiese querido contestarle. No sé quién es este maniquí que interpreta mi papel.

Sonríe. Saluda. Aplausos.

Nos volvemos funcionales de maneras sorprendentes.

O quizá: nos escindimos.

Aprendes a tener dos caras: una externa y otra privada.

Aprendes a asumir esta escisión. A reconocer que te corresponde.

El dolor es un curso de arte dramático.

Aprendes a fingir con todo el mundo. Sales, sonríes, te mezclas con la gente, aseguras que podrás con todo, que sabrás resistir.

Por dentro el infierno te quema y te devora.

Por fuera actúas con normalidad.

Al principio es duro, no engañas a nadie. Saben qué te ha pasado y esperan que sufras.

Con el paso del tiempo te vuelves creíble, muestras mejorías impostadas. Casi siempre caen en la trampa. Quieren caer en la trampa.

A partir de aquí confías en la improvisación. Es una tecla que puedes pulsar cada vez que estás rodeado de gente.

No solo te conviertes en un actor: ahora eres un gran intérprete.

Te mereces el premio al mejor actor protagonista y nadie lo sabe, excepto tú.

Perder a alguien de repente nos trastorna porque no estamos preparados para esta herida. Poco a poco, la enfermedad o la vejez nos inoculan el estado de ánimo necesario para aceptar lo inevitable, pero una muerte trágica (un accidente, un disparo, un paro cardíaco) irrumpe en nuestro día a día con el ímpetu de un terremoto devastador.

Nos vemos obligados a asimilar una ausencia fundamental e imprevista, y nos parece imposible que las cosas hayan ocurrido de una manera tan repentina e irrevocable. Parece que no podemos asumirlo.

Pero cuando esta brutalidad es voluntaria las cosas se complican, los sentimientos se enredan en madejas inextricables, la rabia colinda con el amor, el remordimiento va de la mano del resentimiento, el sentimiento de culpa con el engaño.

Anhelas respuestas. Anhelas un orden. Un contexto donde las cosas puedan ser ciertas o equivocadas, y no tan perversamente indistinguibles.

Quien sufre por un suicida experimenta una contradicción. Su dolor nunca es tan puro como el causado por una simple pérdida. El suyo es un dolor sucio, turbio. Un laberinto.

Y yo, que ya estaba inmerso en este pozo de incongruencias, les añadía otra, la más espectacular: el público.

Promocionar aquel libro formó parte de la terapia, un intrincado mecanismo de elaboración del luto que consistía en hablar por los codos y ocultar mi situación a todo el mundo.

Los primeros eventos públicos fueron dificilísimos. Siempre me preguntaban por S.: «¿Aún estáis juntos?», «¿Qué opina del libro?», «¿Ha venido esta tarde?». Incluso alguno se hacía el gracioso: «¿Me lo presentas?». Y la sala se echaba a reír, yo incluido. «No, no está aquí», contestaba, omitiendo el adverbio final, aquel «ya» que habría vuelto definitiva su ausencia.

Me acostumbraba a su ausencia evocándolo a todas horas.

Sin embargo, a mi manera, había dicho la verdad. La había revelado enseguida, en el arranque del libro.

La dedicatoria que aparecía al comienzo de la novela rezaba: «S., dondequiera que te encuentres ahora, este libro es para ti».

Me parecía tan clara, tan explícita: aquel «dondequiera que te encuentres ahora» ponía de manifiesto que ya no estaba aquí, entre nosotros.

Estaba convencido de haberme expuesto demasiado, creía que todo el mundo lo intuiría.

Nadie se percató.

En aquella primera gira promocional aprendí muchas cosas, pero sobre todo una: que cuando escribes sobre ti mismo trazas unos límites, decides qué contar y qué no, a quién involucrar y a quién dejar fuera de la historia. Son contornos sobre los que has reflexionado mucho y que responden a motivaciones precisas. Para ti. Para los lectores esto no cuenta: quieren saber más, quieren saberlo todo. Es como si les hubieras ofrecido una cata y ahora quisieran el resto.

Me preguntaban por mis padres, por mi hermana, por mi pueblo, buscaban detalles que yo había decidido omitir, querían detalles íntimos, retales del pasado, el presente y el futuro.

Comprendí que tenía que poner límites a su curiosidad y a sus preguntas. Debía defenderme.

Era una premisa artística y al mismo tiempo una exigencia personal.

Habría sido así de todas formas, por lo que respecta a las figuras presentes en el libro, pero lo que había ocurrido con S. la convertía en algo esencial.

Aprendí a contar algunas cosas que eran ciertas. Que S. había leído el libro y le había gustado (había leído un borrador mecanoscrito en fase avanzada). Que no quería hablar de mi vida sentimental, sino solo del contenido de la novela. Que esta versaba sobre mi pasado reciente y que mi presente no era un asunto pertinente.

Tenía que defenderme y defender el contenido del libro, que era una historia de aceptación y de júbilo. Hablar de lo que había pasado años después, de un desenlace imprevisto y desgarrador, habría tergiversado su sentido.

Mis gustos musicales y los de S. no coincidían en absoluto. Eran tan dispares que nunca buscamos una zona intermedia, a sabiendas de que habría sido inútil. Mucho menos tratamos de convertir al otro a los propios gustos (qué sentido tiene estar con una persona tan diferente si luego intentas que sea igual que tú).

Él escuchaba a cantautores italianos, éxitos *dance* del momento, algún que otro cantante de los años sesenta. Mezclas absurdas (como lo son los gustos musicales de cualquiera).

Yo, *new wave* inglés, algo de *indie* italiano, Björk. Mezclas absurdas (como lo son los gustos musicales de cualquiera).

Nos creábamos auditorios privados. Yo en la oficina (con Tiziana a menudo trabajábamos con la puerta cerrada y una radio portátil a un volumen discreto), él en el coche o cuando conducía la furgoneta.

En casa, de vez en cuando, por turnos: yo le permitía escuchar un CD, luego me tocaría a mí.

Un equilibrio funcional.

Durante los últimos meses, S. escuchaba un solo álbum, una y otra vez. Se había obsesionado con aquel disco de hacía diez o doce años, el debut de un cantautor italiano desventurado, el típico cantante que da en el clavo con una sola canción en toda su carrera y después desaparece. Pero

S. no lo escuchaba por su famoso *single*. El objeto de su obsesión era otro, una canción menor que era una oda a la figura del padre, el canto de amor de un hijo a su padre desaparecido.

A mí aquella melodía no me parecía particularmente conmovedora, incluso pensaba que la letra era floja, pero estaba claro que para S. tenía un significado especial.

Cuando alguien desaparece de forma tan abrupta y sin avisar, no puedes evitar pensar en los días previos a su desaparición, en busca de señales.

Su obsesión por esta canción es otro de los indicios que no fui capaz de captar.

En las decenas de cartas que me dejó y que no me he atrevido a releer hay unas líneas que se me han quedado grabadas en la memoria:

> Cuando me fui de casa te dije que me iba a casa de mi madre. Era mentira.
>
> Me voy a casa de mi padre.

S. nunca conoció a su padre: murió dos meses antes de que él naciera.

Mientras proyectaba el suicidio, se preparaba simbólicamente para conocerlo.

A S. le encantaba conducir, y con él descubrí que me gustaba ir de paquete. No tenía que preocuparme de nada, él sabía cómo llegar a los sitios, se sabía el camino y el tiempo que tardaríamos, yo solo tenía que ocupar el asiento del copiloto y dejarme llevar.

Siempre he vivido la conducción como una necesidad, nunca como un placer. Si tengo que viajar uso el transporte público, cojo el tren. Ver que a alguien podía gustarle tanto conducir fue casi una revelación (la constante maravilla de descubrir que los demás no se nos asemejan, la fascinación que de ello se deriva).

En los primeros tiempos venía a buscarme con su coche, y entonces salíamos a deambular por la noche. Cuando me traía de vuelta, a veces tarde, tardísimo, le tocaba conducir otra media hora hasta su casa, algo que no parecía pesarle en absoluto.

Muchas de nuestras conversaciones más profundas tuvieron lugar en el coche. Era como si viajar nos autorizara a la indagación recíproca: yo le hacía preguntas y él me hacía preguntas. Nos fuimos conociendo de esta manera, haciendo kilómetros.

También fue así como descubrí sus enormes defectos, como su terrible costumbre de arrojar las latas vacías por la ventanilla, un vicio que le quité inmediatamente.

Fue en uno de esos breves e interminables viajes por las estribaciones de nuestras vidas cuando me contó un episodio entrañable de su infancia.

Su madre era viuda y tenía cuatro hijos. Él era el menor. Ella trabajaba en una fábrica para mantenerlos, y en su ausencia contaba con la ayuda de las vecinas para cuidar a los niños. S. era el más revoltoso (naturalmente): nunca se estaba quieto, se pelaba las rodillas jugando en el patio, se llenaba de rasguños al caerse de la bicicleta por las calles del pueblo, un caso perdido. Las vecinas se esforzaban por atarlo en corto, pero de vez en cuando ellas también tenían asuntos que atender y no siempre podían ayudar a la madre de S. En estos casos, la pobre mujer tenía que hallar la manera de retener a S. en casa y evitar que se metiera en líos. Acabó por idear un método inusual: por la mañana, antes de ir a la fábrica, lo vestía con la ropa de su hermana, pensando que S. no tendría valor de salir a la calle y exponerse a que los demás niños lo vieran disfrazado de esa manera ridícula. Una ocurrencia genial: el truco funcionaba. S. se quedaba entre las cuatro paredes y se dedicaba a juegos más tranquilos. Hasta que él también halló la manera de darle un vuelco a la situación. Un día, tentando a la suerte, fue a ver a los amigos con aquella vestimenta absurda, pero antes de que se burlaran de él les anunció: «¡Juguemos a Carnaval! ¡Yo ya voy disfrazado!». La propuesta fue acogida con entusiasmo por sus amiguetes, que corrieron a casa a buscar accesorios con los que travestirse. Le había ganado la partida al ingenio materno, venciéndolo con sus mismas armas.

Mientras me lo contaba aún se dibujaba en su rostro esa media sonrisa de satisfacción. Casi podía imaginarme al pequeño S. con una astuta mueca de victoria impresa en la cara.

Quizá ese fue el rasgo de S. que me conquistó desde el principio: los destellos de inocencia pura que dejaba entrever su coraza de tipo duro.

En aquel periodo, no hubo ningún médico o terapeuta que me propusiera ayuda farmacológica para paliar el dolor. Supongo que la gente se la pide, no espera que se la ofrezcan. Yo no pedía nada.

Periódicamente me topaba con artículos de periódico o reportajes televisivos sobre la adicción a los ansiolíticos y antidepresivos, sobre la gravedad de un fenómeno que se extendía como una plaga. No había película o serie norteamericana en la que no apareciese la figura de una mujer sin una dolencia concreta, marcada por el abuso de pastillas.

Algunas amas de casa aburridas buscaban la salvación que yo desdeñaba.

De vez en cuando un amigo, al verme extenuado, me lo proponía:

—¿Por qué no pides que te receten algo para estar mejor? Solo para superar este mal trance...

Yo sacudía la cabeza.

No quería estar mejor. Es decir, esperaba que el sufrimiento dejara de machacarme y me concediese un respiro, que su intensidad se redujera con el tiempo. Pero sentía, y en mi fuero interno tenía claro, que debía atravesar el sufrimiento para poder salir adelante, sin buscar atajos.

La idea de que una pastilla me devolviera la sonrisa y la alegría se me antojaba grotesca. Un hechizo capaz de transformarme en un hombre sereno constituía a mis ojos una monstruosidad.

Ya me sentía bastante monstruoso por no haber salvado a S. Ya tenía suficiente.

De él no me quedaba nada salvo el dolor de haberlo perdido. Un dolor que me destrozaba, pero que no quería paliar con medicamentos. Quería sentir el sufrimiento completo, hasta el fondo… No quería que también desapareciese.

Long Litt Woon, *La buscadora de setas*

Pocos meses después de la muerte de S. recibo una llamada telefónica.

—Hola, soy Cristina.

Al instante reconozco su voz, aunque hayan pasado siglos desde la última vez que nos vimos.

Cuando nos conocimos debíamos de rondar los dieciocho años. Ella vivía en un pueblo cercano y había ingresado en nuestra pandilla gracias a la intermediación de una amiga. Era la primera persona de religión budista a la que conocía (con el tiempo conocería a otras, pero entonces ella era la única), de modo que, para distinguirla de la otra Cristina del grupo, la llamábamos «Cristina Budista». De hecho, para nosotros su credo se había convertido en su apellido.

Durante una larga temporada nos vimos con asiduidad, hasta que, sin motivo concreto más allá de itinerarios vitales divergentes, nos perdimos el rastro. Ella había empezado a salir con un chico de su congregación, y al cabo de un tiempo se fueron a vivir juntos a un piso en Brianza, porque habían encontrado trabajo en esa región y su nuevo piso quedaba cerca de la sede del culto. Poco a poco, nos distanciamos.

Volver a oír su voz es zambullirme en el pasado.

—Cristina —digo—. Cuánto tiempo.

Ella no hace cumplidos, no es una llamada de circunstancias.

—Quería decirte que anoche murió Federico. Empezó a encontrarse mal en el cuarto de baño, llamé a la ambulancia, pero ya no hubo nada que hacer. Un aneurisma cerebral.

Me quedo callado, no estoy preparado para nada de esto (su llamada, el viaje en el tiempo, la dramática noticia).

—El sábado por la tarde en el templo habrá una ceremonia de despedida, por si quieres venir.

Estoy sorprendido, pero no siento la menor incredulidad. Entiendo por qué me ha llamado, a pesar de los años de olvido. Cuando la muerte irrumpe en tu vida cotidiana sin previo aviso, te quedas tan pasmado que tomas decisiones instintivas cuyo significado quizá no te resulta del todo claro, pero son urgentes y esto es lo único que cuenta. Como llamar a todos los números de teléfono que tienes en la agenda para compartir el duelo con cuantas más personas mejor.

No se lo digo, pero la entiendo. Vaya si la entiendo.

—Por supuesto, estaré allí el sábado —le prometo.

Nunca he asistido a un funeral budista, y no creo que lo llamen funeral siquiera.

La ceremonia se celebra en una sala del templo y la atmósfera, de forma palpable, es mucho más serena y distendida que la de cualquier funeral católico. Para los budistas la muerte es un concepto positivo: estamos festejando su tránsito, no llorando su desaparición terrenal.

Los amigos encargados de hablar desgranan anécdotas y recuerdan los rasgos peculiares de Federico. Los presentes asienten, sonriendo a veces.

Diviso a Cristina de lejos. Está rodeada de familiares y amigos. Se la ve tranquila, aunque supongo que la procesión va por dentro. Ignoro que su serenidad anuncia algo extraordinario.

Al finalizar los discursos, ella se levanta y se acerca al piano (hay un piano en la sala, no me había fijado al entrar). Se sienta, levanta la tapa y empieza a tocar una melodía dulce, pop, famosa. Solo la reconozco cuando se pone a cantar: «The Man I Love», de Gershwin.

Me conmuevo al instante.

No sabía que Cristina supiera tocar el piano y cantar. Quizá en su día nos había ocultado sus talentos, quizá había aprendido más tarde.

La canta entera, sin que se le rompa la voz, sin ceder a la emoción.

Yo la escucho y no puedo evitar que me parezca épica.

Dedicar una pieza así a tu compañero desaparecido es un gesto espléndido. Lograr hacerlo durante su ceremonia de despedida, con una sonrisa en los labios, es de estoicos.

En el funeral de S. yo no hubiese sido capaz de pronunciar ni una palabra en público, y mucho menos de actuar.

Cuando al cabo de media hora, terminada la ceremonia, la abrazo, ella no suelta prenda. Yo tampoco. La cercanía corporal es el único mensaje que nos sale de forma espontánea. Pero en mi fuero interno sigo pensando: para mí tú eres una heroína.

Si escribo este libro es porque en su día me hubiese gustado leer un libro así, sobre el dolor de los que se quedan.

Pero escribirlo también comporta hacerse nuevas preguntas, buscar otras perspectivas. Pienso en el sentimiento de aislamiento y soledad que me embargaba entonces y me doy cuenta de que sería distinto afrontar una experiencia así hoy en día, cuando basta con acudir a internet para encontrar centenares de referencias en los campos más diversos.

De ahí que también me pregunte si tendría sentido buscar ahora algunas de las formas de consuelo que tanto habría deseado en aquella época, aunque ya no las necesite con urgencia.

Quizá lo que más eché en falta sea también lo único que merece la pena buscar: compartir el trauma con gente que también lo ha sufrido, con personas que puedan comprender el sentido exacto y único de esta forma de desgarro.

Un grupo de autoayuda específico para allegados de suicidas.

¿Existe un grupo así?

Pese a la abundancia de recursos digitales disponibles, no es tan fácil encontrar alguno. Envío unos cuantos correos, hago llamadas, me mandan de un sitio a otro.

Encuentro varios grupos de apoyo para parientes en duelo, pero no hay ninguno dedicado de manera específica a los familiares de suicidas.

Me facilitan el nombre del coordinador de uno de estos grupos, en la región de Emilia, él mismo es pariente de un suicida. Consigo su número de móvil. Se llama Nicola. Lo llamo, le explico quién soy y le hablo del libro que estoy escribiendo, le pregunto si le apetece que nos veamos para que me cuente su experiencia. Él se muestra más bien frío y reticente, al menos por teléfono, pero acepta. Quedamos en vernos a finales de mes.

Mientras tanto, sigo buscando un grupo específico, hasta que lo localizo.

Al parecer solo hay uno. En Padua.

Los encuentros tienen una periodicidad semanal.

Llamo al número de la sede y pregunto si puedo participar al menos en algunas sesiones. La responsable, muy amable, me explica que debe consultarlo con el grupo y que me dirá algo. Al cabo de unos días, me comunica que solo una parte de los asistentes está dispuesta a encontrarse conmigo. Intentamos fijar una fecha.

Y entonces sobreviene lo impensable. Estalla en Italia la emergencia por el coronavirus, se anuncia el confinamiento, el cierre total.

Una realidad espantosa y urgente se interpone en mi tardía gestión del duelo.

Un mensaje del cosmos: qué importa un trauma lejano, ahora hay otros más urgentes con los que lidiar.

El presente intenta privarme de sentido.

El mediador natural

Los primeros días de confinamiento no consigo hacer casi nada, y menos aún escribir. Vivo los primeros acontecimientos sumido en un estado casi catatónico, al igual que mucha otra gente, como descubriré.

Finalmente se impone la exigencia de espabilar, de reaccionar.

Cuando el periodo de aislamiento se prolonga y empiezan a sucederse las semanas sin ningún indicio de cuándo y cómo podremos volver a viajar, a quedar con gente, me doy cuenta de que ciertas actividades, como la participación directa en un grupo, se postergarán durante meses, aunque quizá en otros casos podré adaptarme a las circunstancias.

Tendría que haberme visto cara a cara con Nicola, el chico del grupo de autoayuda de Emilia. Decido retomar el contacto con él y proponerle una videollamada. Me cita a las cinco de la tarde del día siguiente.

Se conecta desde el comedor de su casa. Está planchando. La situación me divierte (hablar de la muerte mientras despachas asuntos prácticos: una mezcla de tanatología y economía doméstica).

Nicola es soltero, de unos treinta y cinco años, y pasa el confinamiento a solas, lo cual se ve confirmado por el hecho de que esté planchando.

Para empezar le pregunto qué implica ser mediador y por qué ha decidido dedicarse a esto.

Él me explica que es un «mediador natural», y con ello no quiere decir que su vocación sea espontánea, sino que, descubro, se trata de una terminología técnica. Los mediadores son personas que tienen la misión de coordinar las actividades del grupo de autoayuda y suelen ser profesionales. En cambio, se considera «mediador natural» a un miembro del grupo que se convierte en coordinador del mismo: no un psicólogo, un educador o un terapeuta, sino alguien que ha vivido el trauma del duelo a través de la elaboración colectiva y que ahora pone esta experiencia al servicio del prójimo.

Durante los primeros minutos de la conversación, mientras me proporciona esta información, Nicola continúa planchando hasta que, gradualmente, abandona la plancha en su soporte y me dedica toda su atención.

Le pregunto si ha detectado diferencias entre quien sufre por un luto familiar cualquiera y quien ha perdido a un pariente por suicidio. Me dice que todos, de un modo u otro, tienen remordimientos y sentimiento de culpa hacia el difunto, pero que los supervivientes lo experimentan en mayor grado:

—En una enfermedad, en un accidente, hay poco que hacer. Con un suicida, en cambio, en el fondo siempre te da la impresión de que si hubieras dicho ciertas cosas, si hubieras ido a verle tal día, si hubieras prestado más atención a sus palabras, habrías podido hacer algo. Habrías podido salvarlo.

En nuestra primera llamada, Nicola se mostró muy reservado. Me adelantó que no me contaría su historia, que no estaba interesado en compartirla. Era evidente, por la manera en que se protegía, que el asunto aún era muy delicado.

Durante la videollamada, en cambio, sus resquemores van cediendo a medida que hablamos. Al principio comenta que ha perdido a «dos parientes importantes», sin entrar en detalles. Luego, no sé si de forma inconsciente o espontánea, empieza a desvelar detalles. Me entero de que perdió a su madre hace unos quince años y a su hermano mayor, por suicidio, hace cuatro. Muestra mayores reticencias respecto a este segundo duelo. «Aún hoy soy incapaz de hablar de lo que ocurrió. Con los compañeros de trabajo, por ejemplo. Si alguien me pregunta le digo que fue un accidente, para zanjar el asunto. Total, no lo entenderían. Los suicidas están rodeados de prejuicios, como si te lo hubieras buscado o te lo hubieras merecido, no saben qué puede haber detrás», me dice.

En un primer momento no emplea el término «suicidio», sino que recurre a una curiosa perífrasis: «Mi hermano optó por otra opción de vida». Y poco después añade: «Ya sé que estoy jugando con las palabras, pero prefiero decirlo así».

Lo entiendo. Un superviviente siente la necesidad de adoptar los términos que considera idóneos. También tiene que encontrar la manera de contarse esta historia a sí mismo.

El aspecto que más me impacta de su relato es que el hermano, pese a que vivía en otra ciudad con su mujer y sus hijos, decidió volver a casa de sus padres para llevar a cabo el gesto.

Me revela que en los días posteriores todo el mundo se hacía la misma pregunta: «¿Por qué lo ha hecho?».

La pregunta de su padre, en cambio, era: «¿Por qué lo ha hecho *aquí*?».

Le pregunto si pudo encontrar una respuesta. Nicola dice que sí y me lo explica en clave pragmática:

—Creo que quiso ahorrarles el espectáculo a sus hijos.

Volvemos a hablar del grupo. Quiero tratar de entender cuál es el apoyo principal que puede proporcionar, según su experiencia.

—En primer lugar, la empatía, hacerte sentir que no eres el único que sufre de esa manera —responde sin vacilar.

Se ocupa de puntualizar que los miembros del grupo no se limitan a recibir, sino que también devuelven algo. Se trata de un intercambio recíproco.

—Las primeras veces que asistí a las reuniones yo mismo pensaba que no me servirían de nada, que no tenía nada que compartir con esa gente. Participaba en los encuentros pero no hablaba, solo escuchaba a los demás. Luego comprendí que la mera escucha también era importante. Me di cuenta porque sentía la necesidad de volver. Y al final terminé quedándome.

Concluye con una frase que me conmueve profundamente: «Hay personas tan ensimismadas en su dolor que no se dan cuenta de que aún tienen algo que ofrecer y al cabo de un par de sesiones lo dejan. No todo el mundo está preparado».

Ensimismadas en su dolor.

Incapaces de entender que incluso el sufrimiento es algo que puedes compartir, que puedes ofrecer a los demás.

¿Cuál habrá sido mi grado de ensimismamiento durante más de dos décadas?

En los días siguientes pienso en el detalle del hermano que volvió a casa de sus padres para quitarse la vida, y en la pregunta (sin respuesta) del padre: «¿Por qué aquí?».

Tiene razón Nicola cuando dice que quiso ahorrarles el trauma a sus hijos. La elección del lugar fue ponderada.

El hermano eligió la casa de su infancia, el lugar donde ya habían sufrido la pérdida de una madre, donde ya se habían familiarizado y acostumbrado al dolor. Donde había alguien que podría aceptarlo.

S. decidió hacerlo en nuestra casa porque así le ahorraría el mal trago a su madre. Sabía que yo me haría cargo de todo, al igual que su hermana y sus hermanos, que de alguna manera protegerían a la madre anciana (y así fue). Una reducción (mínima) de las consecuencias.

Hay dos maneras de verlo: quiso infligírmelo a mí. O bien: confió en mí, en nombre del amor que nos había unido durante años.

Yo fui su último acto de confianza en un momento en que ya había perdido la confianza en todo lo demás.

Tengo que decantarme por esta segunda posibilidad. No me queda otra opción. No habría podido sobrevivir a la primera.

Cuando Nicola me dice que no habla con la gente, con los compañeros de trabajo, que no lo entenderían, me hace reflexionar sobre otro aspecto: ¿por qué yo tampoco lo comento? ¿Por qué los compañeros y los amigos a los que he conocido en los últimos años no están al corriente de esta historia?

¿Será por vergüenza?, me digo.

No, el asunto no me incomoda. No temo que me juzguen, ni me importa lo que puedan pensar de S. (al que de todas formas no conocen).

¿De qué se trata entonces? ¿Qué nombre tiene este sentimiento?

¿Reticencia? ¿Discreción?

Lo más importante es que no quiero avergonzarme de mi vida. No quiero mentir sobre el tema. No he escrito el libro para herir a nadie, pero la verdad puede doler.

A. M. Homes, *Why We Write About Ourselves*

¿Por qué he tardado tanto en contar esta historia? No tengo una única respuesta y al mismo tiempo tengo muchísimas.

Se me ocurre, para empezar, que uno tiene que contarse los hechos a sí mismo y no hay palabras unívocas para hacerlo. Es un relato que cambia con el tiempo, que evoluciona, que encuentra nuevos términos y fórmulas, crece. Madura contigo.

Los primeros días tienes que contártelo en cuanto abres los ojos, por la mañana. Ahora esta es tu realidad, recuerda lo que te ha pasado.

Es un ciclo REM invertido, en el que la vigilia es la pesadilla.

Te hacen falta meses solo para aprender a convivir con ello.

Cuando estás concentrado en sobrevivir no te preocupa demasiado cómo comunicárselo al resto. Delegas en los demás la tarea de entenderlo. Es una narrativa hecha de omisiones, de lágrimas reprimidas, los silencios son la clave de la que debe deducirse el resto de la historia.

Durante un tiempo te parece que no podrás superarlo nunca (no paran de decirte «Ya verás que todo mejorará», pero ¿qué coño saben ellos? No crees a nadie).

Más tarde, poco a poco, muy poco a poco, empiezas a estar mejor y adivinas un vislumbre de futuro, te aferras a él. Llegados a este punto la tragedia (que de todas formas marcará a fuego tu vida) se convierte en un elemento que debes gestionar, como un mueble que no paras de cambiar de sitio en una habitación, logrando a veces colocarlo en un punto donde apenas molesta. Sabes perfectamente que siempre está ahí, a tu lado, a tus espaldas, pero mientras tanto puedes mirar por la ventana, mirar adelante.

Con el tiempo este mueble engorroso se vuelve algo manejable, se reduce a dimensiones más ligeras y te conviertes en un experto en su gestión. (¿Digo una monstruosidad? Le coges cariño. En el sentido de que aprendes a pensar en él con una dosis de benevolencia, de afecto.) Ahora lo ves como uno de los muchos elementos de la habitación, y no como el principal.

Es un proceso que dura años.

Con el paso del tiempo he comprendido que (al menos en mi caso) no solo varía el relato, sino también la predisposición a narrarlo. Me he vuelto reticente. Solo a ciertas personas, solo en determinadas circunstancias.

Cuando empiezas a estar mejor, te esfuerzas por conservar la serenidad. Pones todo tu empeño. Sabes que aún eres muy frágil y que estás pisando cáscaras de huevo. Tienes que protegerte. Optar por no contarlo demasiado a menudo, no reabrir la herida, es una de las maneras posibles.

Te compadeces de ti mismo.

Pero dentro de mí conviven dos almas, la persona y el escritor. La persona encara las cosas de una manera, el escritor de otra.

El escritor es curioso, morboso. Se fija en los detalles, lo registra todo. Cuando está al borde del abismo quiere asomarse, no ponerse a salvo. El horror lo atrae. Se siente cobaya y testimonio.

Almacena la historia. La plasma, la trabaja. Vuelve a ella obsesivamente. La conserva.

Si algo he aprendido sobre mí mismo, a propósito de la escritura, es que necesito tiempo. Tengo que interponer una distancia emocional entre mi persona y las cosas. Después de escribir una historia tengo que guardarla en un cajón durante un tiempo antes de releerla y sopesar si realmente tiene sentido, si tiene valor. Cuando escribo acerca de mí mismo, de mis experiencias, tengo que esperar meses, años, para poder enfrentarme a lo escrito con la debida distancia, con la objetividad necesaria.

Era inevitable que contase mi infierno portátil, el que llevo a cuestas desde entonces, pero calibrar la distancia emocional adecuada ha sido más difícil de lo previsto.

De ahí que no tenga una respuesta, sino infinitas.

Este mismo libro ha sido más fácil de escribir que de concebir. Mientras estoy aquí, en esta habitación, evocando el dolor en un teclado, todo va bien, tiene un sentido. Pero ¿y luego? ¿Cómo se gestiona una confesión de tal magnitud?

La primera vez que hablé con mi agente de este proyecto, su pregunta fue: «¿Estás preparado?».

Quería decir: ¿preparado para darlo a conocer, comentarlo en público, responder a las preguntas que llegarán, encajar las reacciones de la gente, participar en encuentros, presentaciones, entrevistas, considerar este trabajo como un libro, con todo lo que comporta?

La respuesta es que no lo sé. No sé si estoy preparado. Ni siquiera ahora, al filo de lo irrevocable, lo sé.

No me da vergüenza hablarlo, pero soy consciente de la gravedad de lo que estoy poniendo en manos de los que me escuchan.

Es como un regalo envenenado: ¿por qué infligirlo?

En todos nosotros hay luces y sombras.

La mía no es una mera sombra. Es un eclipse que puede llegar a oscurecer todo lo demás.

Lo que parece más extraño de nuestra autobiografía es lo que nos ha pasado de verdad.

STEVE ABBOTT

Otra cosa que hago durante el confinamiento, en este limbo absurdo, con el planeta paralizado por el miedo y el silencio acolchado que reina más allá de mi ventana incluso en una metrópoli como Milán, en pleno aislamiento, es responder a unas señales que llevaba tiempo interceptando.

Me he enterado de que un escritor al que conozco, pero poco (en una ocasión coincidimos en una feria del libro), también es un superviviente. Su mujer se quitó la vida hace pocos meses.

No me consta que haya hablado del asunto públicamente, pero de vez en cuando suelta en Twitter confesiones breves y lacerantes.

Una vez escribió:

> Lloro a menudo mientras conduzco este coche, con un asiento vacío al lado.
>
> Otras veces canto con la radio o hablo solo, otras veces profiero un grito lleno de rabia o de vida, o de ambas cosas.
>
> Y sea como sea el coche sigue adelante, como la vida.

Otra:

> Cuando sientes una congoja así, la gente te dice: hay que seguir adelante. Cuando en realidad hay que atravesarla.

Para mí, sus tuits son como mensajes en una botella, enviados a quienes puedan recogerlos y yo, hoy, soy uno de ellos.

Creo que ha llegado el momento de ponerme en contacto con él. Le escribo un correo electrónico.

No sé si mi ruego le parecerá inoportuno, si lo recibirá como una intromisión descarada en un momento de elaboración del duelo aún reciente y agravado por la actual situación de emergencia.

Procuro ofrecerle la posibilidad de negarse, le doy a entender que puedo darme por respondido con un simple: «No».

En cambio, al día siguiente recibo un correo largo y precioso en el que se confiesa, explica, comparte.

Una carta que me reconoce como su semejante.

Después de leerla siento el deseo imperioso de subirme al coche y partir, visitarlo en la ciudad costera donde vive, verlo ese mismo día y hablar hasta altas horas de la madrugada. Me gustaría que habláramos hasta la extenuación, confiándonos todos los matices de la desesperación, mostrándonos todas las grietas que llevamos encima. Pero no es posible, hay un decreto gubernamental, controles por todas las carreteras, un virus mortal que nos ronda con insidia. Estamos condenados a la inmovilidad.

Así que releo el correo. Dos, tres, cinco veces. Y me parece que sus palabras ya contienen todo lo que podría decirme de viva voz.

Sobre su incesante batalla interior:

> No hace falta que te diga que me enfrento a un enorme sentimiento de culpa.

Qué no entendí, en qué me he equivocado, qué podría y debería haber hecho, ella habría estado mejor sin mí, cómo he podido fracasar de esta manera, yo, que debía protegerla a ella, quien consideraba que yo era lo mejor de su vida, una bendición.

Aunque, si lo era, ¿por qué no he sido suficiente?

Sobre la particularidad del sentimiento que tienen los que se quedan:

> Por mucho que la gente se esfuerce por comprender lo que siento, lo cierto es que solo yo puedo cargar con este peso enorme. Cuesta compartirlo y a veces, para no afligir a los demás, evitas sacar el tema, o bien la gente tiene miedo de hacerte preguntas y no te pide que hables de ello, y tú sufres porque piensas: ¿cómo es posible que no os deis cuenta de lo mal que lo estoy pasando?
>
> Durante meses me he identificado con mi dolor, me sentía como si, aunque no dijeran nada, las personas de mi entorno solo viesen esto de mí, «el que se le ha suicidado la mujer, pobre», pero de hecho soy yo el que se siente así, mi pérdida aún aplasta todo lo demás, lo arrincona en la sombra, me priva incluso de los recuerdos más hermosos.

Sobre la esperanza de superarlo algún día y encontrarle aspectos positivos a esta situación:

> Espero que el tiempo me permita mirar con menos espanto y dolor esta parte de la vida, recuperar el amor y la ternura, perdonarme y perdonarla a ella. Ojalá.

Caigo en la cuenta de que podría hacer mías sus palabras. Son las mismas que nos decimos aquellos a los que nos ha tocado en suerte compartir este destino.

El guion que recitamos de manera improvisada a todo aquel que esté dispuesto a escucharnos.

La homilía de nuestro calvario privado.

Hermanos, estamos aquí reunidos.

En mis pesquisas por internet empieza a aparecer con cierta frecuencia el nombre de un profesor de Psiquiatría de la Universidad La Sapienza, el doctor Maurizio Pompili. Mi amigo escritor también me ha hablado de él, elogiando su trabajo.

Pompili es el responsable del Servicio de Prevención del Suicidio del complejo hospitalario Sant'Andrea de Roma, el único centro de este tipo que existe en Italia. Ha dedicado al tema del suicidio unos cuantos libros y una larga lista de artículos científicos. Me gustaría muchísimo reunirme con él, pero incluso después del confinamiento parece una empresa casi imposible.

Tengo el contacto de su asistente, Denise, con la que trato de concretar varias citas, que sin embargo no tarda en anular porque el profesor tiene demasiados compromisos.

Lo intento durante unos meses, hasta que desisto.

Pero cuando ya he tirado la toalla se produce un giro inesperado: Denise me escribe diciéndome que Pompili está organizando una conferencia virtual sobre el tema del suicidio. ¿Estaría dispuesto a participar en calidad de invitado?

Sería la primera vez que cuento mi historia en público, aunque fuese a través de la pantalla de un ordenador.

¿Estoy dispuesto?

No lo sé, pero contesto que sí.

Llegados a este punto, mientras escribo estas páginas, ¿qué sentido tendría negarme?

S. no estaba acostumbrado a escribir, pero dejó mensajes para todo el mundo. Como ya he dicho, en mi caso fueron decenas.

Se despidió de la vida escribiendo.

Con el paso del tiempo he descubierto que existen varios estudios científicos sobre las notas que dejan los suicidas. En general se trata de un análisis de tipo sociológico cuyo fin es identificar los motivos que subyacen con más frecuencia a este gesto.

Las notas pueden contener acusaciones y quejas, confesiones, peticiones de perdón, justificaciones para los familiares, declaraciones de inocencia respecto a crímenes injustamente atribuidos, instrucciones prácticas y últimas voluntades.

Me pregunto si se ha hecho algún análisis literario sobre este material: el estilo, la prosa, las palabras recurrentes. ¿Cómo se escribe el último mensaje a tu familia, que no deja de ser la última huella que dejas en el mundo?

Un estudio sobre esta poética del adiós.

(Me entero de que también existen casos —muy poco frecuentes— de despedidas irónicas.)

El escritor y director de cine francés Romain Gary, que se quitó la vida descerrajándose un tiro en la cama, había estudiado la puesta en escena con todo lujo de detalles: vestía una bata roja para que se confundiera con el color de la sangre, disminuyendo el impacto visual, puso una toalla sobre la almohada para amortiguar la detonación y dejó la siguiente nota en la mesilla de noche: «Nunca me había expresado con tanta claridad».

En los días que precedieron a su gesto definitivo, Cesare Pavese había anotado varias reflexiones sobre el tema. Entre ellas destaca una definición poética: «Los suicidas son homicidas tímidos». Tímidos porque el asesino actúa contra sí mismo, no hace daño a los demás. Pero la nota que dejó en la mesita de noche del hotel y que redactó antes de ingerir doce sobres de somníferos, la última frase, el adiós definitivo, es una reprimenda afable: «No aprovechéis para cotillear».

Richard Brautigan, el autor de la famosa novela *La pesca de la trucha en América*, se pegó un tiro en su casa de California, donde vivía prácticamente aislado. Consciente de que tardarían un tiempo en encontrar su cadáver, dejó una nota con esta frase: «Qué estropicio, ¿eh?».

Al final participé en la conferencia virtual organizada por el profesor Pompili. Conté mi experiencia ante cientos de desconocidos que se habían conectado. Era la primera vez que lo hacía públicamente, pero la modalidad virtual hizo que me viera hablando frente a la microscópica cámara de un portátil, encerrado en mi habitación. De hecho, hablando solo. Fue como un ensayo general con vistas a una eventual actuación en vivo.

Al final de mi intervención varias personas dejaron comentarios en el chat público, hablando de coraje y honestidad. Creo que la cosa fue bien.

El mismo profesor me llamó luego para darme las gracias. Y me prometió que nos veríamos.

La eminencia solitaria

Roma a mediados de julio, un calor sofocante. Sería el día ideal para ir a la playa, no para conversar en un hospital, pero resulta que hoy, tras casi dos años de intentos, Pompili ha accedido a verme.

Cuando por fin llego al hospital de Sant'Andrea, donde está el Servicio de Prevención del Suicidio que dirige Pompili, me detengo un par de minutos en el vestíbulo para aclimatarme al frescor. Y quizá también para prepararme mentalmente para lo que me espera.

Para llegar a la sede del Servicio hay que recorrer pasillos, coger un ascensor, bajar dos pisos subterráneos y seguir una serie de letreros, pero por si acaso vuelvo a escuchar las instrucciones que me ha enviado su asistente en un mensaje de voz. Llegar hasta aquí, después de haber cogido dos autobuses y haber afrontado los laberintos de un hospital, me hace sentir como si hubiese superado con éxito los distintos niveles de un videojuego.

Cabe pensar que si alguien ha decidido dedicar su vida al estudio del suicidio es porque obedece a una experiencia directa, personal. No es el caso del doctor Pompili, aunque mucha gente así lo crea. Cuando era estudiante se familiarizó con el tema gracias a un curso, pero en último término su elección se debió a la empatía.

Es lo primero que me cuenta. Es un hombre bajo y delgado, con un rostro afilado donde destacan la perilla y unas gafas de montura ligera. Mientras habla me mira fijamente, sentado al otro lado del escritorio.

—Me di cuenta de que, de alguna manera, mi propia trayectoria vital, hecha de grandes dolores y tribulaciones emocionales, me hermanaba con las personas que piensan en suicidarse. Pensé que, dado que yo también he experimentado este tipo de sufrimiento mental, podía acercarme a estos pacientes y tal vez tratar de ayudarlos.

Su franqueza me desarma. Al preguntarle por qué eligió este campo de investigación me esperaba una respuesta profesional, no íntima. Ahora bien, es posible que ciertos límites, ciertas reticencias carezcan de sentido para alguien como él, acostumbrado a ocuparse cada día de un dolor intenso.

—Está claro que con la compasión no basta, se necesita mucho más: fármacos, psicoterapia, competencia científica, pero creo que el componente humano puede marcar la diferencia.

Así es.

Le pregunto por qué aún hoy se habla tan poco del suicidio, incluso en el ámbito médico y científico. Afirma que las cosas están cambiando poco a poco, al igual que la manera de enfocar el tema.

—El suicidio siempre se ha explicado como el síntoma de una dolencia mental, pero en realidad es un fenómeno mucho más complejo. Antes se pensaba banalmente que quien quería suicidarse estaba deprimido, y que por tanto podía curarse con antidepresivos. Pero no es así: muchas personas deprimidas no llegan a tener pensamientos suicidas; en cambio, los que piensan en quitarse la vida son víctimas de un dolor mental constante, de un sentimiento de fracaso, de angustia e incluso de sufrimiento físico, de un diálogo incesante consigo mismos... y el suicidio se presenta como la mejor solución para salir de dicho estado. Más que de una voluntad de acercarse a la muerte, se trata de un intento extremo de escapar de un dolor psicológico que se ha vuelto insoportable. Si fuese posible aliviar o eliminar este dolor, se recuperarían las ganas de vivir. Hoy intentamos abordar el problema desde esta perspectiva.

Aunque he buscado durante mucho tiempo este encuentro, no he preparado preguntas concretas. No llevo nada conmigo, ni siquiera una hoja suelta con apuntes. Sé que tengo preguntas de sobra, pero me sale de dentro empezar con una anécdota personal, como por otra parte ha hecho él conmigo. Le cuento que cuando tuve que afrontar la pérdida de S. traté de buscar alguna forma de apoyo, pero no encontré nada, e investigando para escribir este libro sigo sin encontrar gran cosa. Tengo la sensación de que al menos en Italia las únicas redes de apoyo que existen han sido creadas por gente que ha vivido esta tragedia en carne propia. Que se trata, en la práctica, de iniciativas personales.

Él me lo confirma. Me dice que cuando empezó a trabajar en este campo, en 2005, había muy poca cosa. Y que lo que se ha logrado hacer en estos casi veinte años se ha hecho con esfuerzo y sin más recursos que los personales.

En el curso de mis indagaciones de estos meses me he dado cuenta de que el tipo de trabajo que Pompili está llevando a cabo es tan singular que lo ha convertido, quizá a su pesar, en el referente principal de todas las iniciativas de esta índole. Quienes deciden fundar grupos de ayuda o asociaciones acaban acudiendo a él, en parte porque no encuentran a nadie más. Gracias a su apoyo, ahora hay una serie de asociaciones diseminadas como manchas de leopardo por el territorio italiano, desde Calabria y Apulia hasta el Piamonte. Son grupos que tienen una decena de miembros, si es que los tienen.

En su despacho cuelga un mapa de Italia salpicado de adhesivos de colores que señalan cada ciudad donde existe uno de estos grupos. Son padres que han perdido a una hija adolescente y que van a las escuelas para hablar de prevención, hijos cuyo padre o cuya madre se ha quitado la vida y que organizan jornadas de sensibilización sobre el tema. Pero ¿cómo es posible que solo podamos contar con estas iniciativas de voluntariado personal y que no haya inversiones serias por parte de las instituciones, por ejemplo?

—Aún se invierte poquísimo, no solo en Italia, sino en todo el mundo. En parte por una suerte de dejación colectiva, y en parte porque la prevención del suicidio es una idea reciente. A lo largo de los siglos el suicidio ha sido descrito, narrado y condenado, pero nunca prevenido.

Reconozco que la prevención es fundamental, pero queda otro problema, a saber: la asistencia a los familiares de las víctimas, a los que sobreviven. Pompili es muy pesimista al respecto:

—Aún es difícil tener servicios específicos para la prevención del suicidio. Tenerlos para los supervivientes es una meta muy lejana. Es más, hoy por hoy ni siquiera hay auténticos protocolos que indiquen cómo ayudar a estas personas.

La enorme necesidad de diálogo y consuelo que tienen los supervivientes queda desatendida. Por eso, me cuenta, hay gente que emprende largos viajes, que coge aviones, trenes y hoteles solo para visitar su centro. A él siempre le impresionan estos esfuerzos.

—Lo único que podemos hacer es escucharlos, aunque nos gustaría ofrecerles algo más.

A Pompili y a sus colaboradores quizá les sorprenda. A mí no. De haber existido este recurso hace más de veinte años, estoy seguro de que yo también habría cruzado

Italia entera para alcanzarlo. En el fondo, si estoy aquí hoy, no es solo para hacer preguntas, sino para hablar con alguien que puede comprenderme, aunque sea con décadas de retraso.

Hay tan pocas cosas que puedan aportar consuelo a los supervivientes, que tener a un profesional que te escuche puede ser una ayuda importantísima. Él lo sabe bien:

—Para muchos, poder abrirse con alguien capaz de acoger su historia y que además tiene los instrumentos científicos para comprenderla es ya una forma de catarsis. Nosotros podemos responder a preguntas que no podrían formular en ningún otro sitio. Al explicarles cómo actúa y razona un suicida disipamos sus dudas, les damos apoyo.

¿Por qué, entonces, este es el único centro de este tipo en toda Italia?

—Porque gira en torno a una persona.

En otras palabras, este centro existe solo porque está él, que ha tenido la voluntad de abrirlo y la tenacidad de llevarlo adelante. No hay muchos psiquiatras dispuestos a asumir la responsabilidad que comporta un paciente en riesgo de suicidio. «Es una situación que crea una ansiedad notable —me dice—, que no todo el mundo sabe gestionar.» Y, por desgracia, la preparación también brilla por su ausencia. «Esta es una facultad especial porque estoy yo: mis alumnos estudian este tema, pero en las otras facultades se aborda raramente, o nunca.»

Miro a mi alrededor. Estamos en el sótano del hospital. El despacho del profesor es una habitación sin ventanas, y tiene que recurrir a la luz artificial incluso en pleno verano. Me atrevo a hacer un chascarrillo: esta misma ubicación parece una forma de cancelación.

Pompili se ríe por primera vez desde el inicio de la conversación:

—Ah, no. Este es el destino de toda la psiquiatría, no solo de los que nos ocupamos del suicidio. ¡Siempre nos mandan al sótano! Voy a enseñarle una cosa. —Se levanta y se acerca a una serie de retratos fotográficos en blanco y negro que cuelgan en la pared, al lado de su escritorio—. Estos son Edwin Shneidman, Norman Farberow y Robert Litman, grandes psiquiatras norteamericanos, los padres de los estudios modernos de suicidología. Pusieron en marcha el primer centro de prevención del suicidio en el mundo, en Los Ángeles, en los años cincuenta. Y también trabajaban en el *basement* de un hospital. Es decir, en un sótano.

Así pues, se empieza desde abajo. Y aunque el camino es empinado, por suerte alguien ha decidido recorrerlo.

Las botellas de agua.

El detalle más angustiante del recuerdo, que no revelo a nadie, que siempre me he guardado para mí.

Había una caja con botellas de agua cerca de la entrada, a mano derecha. Seis botellas envueltas en plástico.

S. colgó la cuerda justo encima.

En el momento del tirón, de los espasmos, habría podido alargar un pie, apoyarlo en la caja, y se habría salvado.

Estaba ahí, a pocos centímetros de él. Lo rozaba literalmente.

No quiso salvarse. Ni siquiera en el último segundo. Ni siquiera pudiendo hacerlo.

Han transcurrido pocos meses desde la muerte de S. y en una fiesta conozco a un chico de Bolonia. Me lo presenta un amigo común y me pongo a hablar con él, que aquí no conoce a casi nadie.

Le hablo sin verlo.

Desde que acaeció la tragedia no me relaciono con otros hombres en términos de atracción o interés. Ni siquiera se me pasa por la cabeza. Olvido los rostros, los nombres. Me atraviesan sin dejar rastro. La posibilidad de conocer gente nueva, de tejer relaciones, me parece tan probable como la idea de embarcarme en una expedición lunar: ciencia ficción.

El boloñés es simpático y charlo con él de buena gana. Al menos el tiempo que paso con él me evita conversaciones de compromiso con los demás.

La conversación se desarrolla en un terreno inocuo —los gustos musicales que compartimos, las últimas películas que hemos visto, qué hermosa es Bolonia, el Cassero, los pórticos—, hasta que, en un arranque de intimidad imprevisto, me confiesa:

—Hace dos años se suicidó mi mejor amigo. Era como un hermano para mí. Desde entonces no levanto cabeza.

No me lo puedo creer.

Es la primera vez que conozco a alguien que haya vivido una experiencia como la mía y que hable de ella abiertamente.

—Mi ex se ahorcó hace pocos meses —le digo.

Somos dos supervivientes que acaban de conocerse en esta isla desierta llena de gente que bebe, ríe y baila a nuestro alrededor.

Ahora nos vemos.

Nos vemos de verdad.

Nos *reconocemos*.

—Entonces tú sabes lo que estoy viviendo.

—Perfectamente.

Nos pasamos el resto de la velada hablando a tumba abierta. Nos contamos nuestras tragedias personales, sin omitir los detalles que solemos ocultar a los demás, por discreción o por vergüenza. Entre nosotros no tienen ningún sentido las reticencias.

Hablar con él es mejor que hacerlo con cualquier terapeuta, con cualquier vidente.

Por fin alguien me entiende sin que tenga que explicarle nada.

El boloñés se llama Alberto.

Ha venido a Milán a pasar el fin de semana, invitado por el amigo que me lo ha presentado. Mañana por la tarde regresa.

Cuando llega el momento de despedirse me dice:

—Ni siquiera nos hemos dado el número de teléfono.

Y no lo hacemos, porque los dos sabemos cómo conseguirlo.

Me llama el lunes por la noche.

—Me gustaría volver a verte —dice.

De manera natural, le respondo:

—A mí también.

El sábado siguiente voy a visitarlo a Bolonia. Reanudamos la conversación donde la habíamos dejado.

—Es como un fluorescente que siempre está encendido. Los otros pueden apagarlo, pero tú no. Se quedará encendido para siempre y poco a poco la luz se debilitará, o simplemente empezarás a acostumbrarte, que a fin de cuentas es lo mismo. Y lo que al principio te parecía monstruoso e intolerable pasará a formar parte de tu realidad cotidiana y de manera gradual acabarás por aceptarlo.

Un fluorescente permanentemente encendido: nadie me había dado una imagen tan certera de lo que yo sentía.

Alberto no me ofrece consuelo. Me ofrece escenarios creíbles. Me muestra las huellas de alguien que ya ha recorrido este camino.

Alberto tiene tres años más que yo. Pelo corto, barba. Un cuerpo macizo. Ahora es comercial, pero antes trabajó durante mucho tiempo en una importante radio local, como director y como DJ. Me doy cuenta de que tiene la voz perfecta para ese trabajo. Puede que sus palabras en parte me lleguen tan hondo por el tono, plácido pero seguro, con que me cuenta las cosas.

Me cuenta que una vez una chica perdió la cabeza por él solo de escucharlo por la radio. Que empezó a esperarlo en la puerta del estudio, a llevarle regalos. Que fue incómodo tener que rechazar aquel cortejo amable y terco.

Entiendo a la chica. El hechizo de su voz sosegada, profunda. El mero hecho de oírla me da paz.

Cuando me acompaña en coche a la estación, en el momento de despedirnos, nos besamos.

Al día siguiente vuelve a llamarme por la noche.

—No hace falta que digas nada, pero quiero que sepas que me estoy enamorando de ti.

No hace falta que diga nada, pero digo:

—Gracias.

¿Cómo puede alguien enamorarse de mí, estando como estoy? Pero él parece capaz de atravesarme con la mirada, ver más allá.

El siguiente fin de semana reserva una habitación de hotel.

Pasar la noche con él significa volver a empezar a hacer el amor con una persona.

Me pregunto si seré capaz.

Descubro que sí. De un modo u otro.

También descubro que es paciente. Que tenía en cuenta que debía serlo.

Así que empezamos a salir.

Los fines de semana voy a verlo a Bolonia. Me enseña la ciudad, me presenta a sus amigos, paseamos bajo los soportales y nos pasamos tardes enteras en las tiendas de discos, una de las pasiones que hemos descubierto que compartimos.

Cuanto más conozco a Alberto más me gusta. Me doy cuenta, pero demasiado a menudo tengo la cabeza en otra parte y mi corazón se ha convertido en un órgano entumecido, oscuro e inviolable.

Sin ir más lejos, estos fines de semana son una lotería. A veces logro hallar una apariencia de serenidad, otras en cambio soy un desastre, le obligo a estar un buen rato en el coche mientras me abandono a un llanto desesperado, sin motivo aparente, sin desencadenante alguno.

También en la intimidad soy de corriente alterna, con momentos en que me dejo ir y otros en que me resulta imposible.

A pesar de esta esquizofrenia emocional, no sé cómo, seguimos adelante.

De vez en cuando es Alberto el que viene a Milán para estar conmigo.

Lo cual implica estar conmigo en aquella casa.

¿Cuántos se habrían atrevido?

Él, sin embargo, no se asusta. No le da miedo la oscuridad, porque la conoce de cerca. Me deja afrontar la mía en el lugar donde he decidido afrontarla.

No se imagina hasta qué punto lo admiro por ello.

La primera vez que vamos al cine elegimos un terreno neutral (una película de ciencia ficción). Nada de historias de amor, nada de intrigas dramáticas, nada demasiado romántico, nada demasiado realista.

Espacio, extraterrestres, misterios, aventura: sobre el papel una apuesta segura.

En cambio (qué pérfido el destino), hete aquí que hacia la mitad de la película un miembro de la expedición espacial entra en crisis, se altera, se siente mal. Los otros se dan cuenta de su desaparición, lo encuentran en su cubículo. El encuadre solo nos muestra sus pies, que cuelgan desde arriba.

Noto que Alberto, a mi lado, se ha quedado paralizado.

—Vámonos —me dice.

Yo me quedo inmóvil, con las manos aferradas al reposabrazos como si la butaca fuera a salir disparada hacia el espacio de un momento a otro.

La escena me produce un fuerte impacto y al mismo tiempo me deja frío.

—Salgamos —insiste.

—No, ya ha pasado —le digo yo. Y es verdad: la película avanza por otros derroteros (alienígenas que combatir, emergencias estelares).

—¿Estás seguro?

Lo estoy. La pantalla no ha hecho más que recordarme aquello en lo que pienso continuamente. Nada nuevo bajo el sol.

Alberto está más azorado que yo. Pobre. Solo quería distraerme, regalarme un par de horas de evasión.

—De verdad, no te preocupes —lo tranquilizo.

Ni siquiera el cielo está a una distancia suficiente. Los ecos de mi tragedia personal también resuenan a distancias siderales.

La pantalla parece preguntarme: «¿Adónde querías escaparte, imbécil?».

Londres nunca falla. Siempre hay algo nuevo e interesante que hacer, y allí tengo algunos amigos. Por no hablar de los teatros, los mercadillos, las tiendas de discos, las librerías. Una semana en Londres es la escapada perfecta. Cuando Alberto me lo propuso acepté de buena gana.

Pensaba que, una vez allá, encontraría las energías necesarias, que la atmósfera vibrante de la ciudad se me contagiaría. Y además estaría con Alberto, serían nuestras primeras vacaciones juntos.

Me hacía ilusión. Quería ilusionarme.

Hacer de turista exige voluntad, intereses. Al aterrizar en suelo británico me di cuenta de que no tenía ni una cosa ni la otra.

Podía dejarme guiar, eso sí. Alberto me propuso que diésemos una vuelta por Camden y le seguí como una sombra, entre los tenderetes. Cuando propuso una hamburguesa en pleno Soho acepté, para acabar comiéndome un tercio de la mía y picando tres patatas fritas. Él hablaba, comentaba cosas, entraba en las tiendas, decidía atravesar un parque. Yo iba a su lado, silencioso, triste.

Los esfuerzos que hacía para estar alegre no servían de nada. Él intentaba ser entusiasta por los dos. Compensaba mi apatía.

Yo tenía la sensación de ser un lastre. Como si la ropa me pesase, empapada de oscuridad, y tuviese que esforzarme para levantar los pies del suelo.

Creer que podía afrontar aquel viaje, unas vacaciones en pareja, había sido un error garrafal.

La lluvia, el sol. Los pequeños restaurantes. Moverse con destreza entre varias líneas de metro. Tumbarse en la hierba en Primose Hill, entre la algarabía de los niños que correteaban a nuestro alrededor.

Agotador, todo era agotador. El espectáculo de la puesta de sol, otro esfuerzo.

Una tarde, en un intento desesperado de levantarme el ánimo, me dijo que lo siguiera, sin desvelarme adónde quería llevarme. Llegamos al estudio de un tatuador. Habíamos pasado por delante un par de días antes. En el escaparate había expuestos cuadros con elaborados dibujos, calaveras de plata y correas de reloj con tachuelas, fotos enmarcadas de muslos y antebrazos tatuados, pergaminos con ideogramas japoneses, joyas de metal y unas alas de ángel desplegadas: un rico imaginario expuesto sobre terciopelo rojo. El rótulo adhesivo «Tattoo Studio», con una tipografía de los años treinta, ocupaba la mitad del vidrio. Alberto se había detenido a contemplar fascinado aquella parafernalia, pero pensé que era simple curiosidad. En cambio, procedió a revelarme su intención:

—Quiero ponerme un *piercing* en el pezón derecho.

Lo miré extrañado.

—Estás loco.

—No. Hace tiempo que quiero hacerlo. Lo haré aquí, así será un recuerdo de este viaje.

Era un gesto romántico, pese a su violencia.

Dejé que entrara él solo. No me vi con fuerzas de acompañarlo, de presenciar la escena.

Ni siquiera eso le concedí.

El dolor nos vuelve egoístas. Nos hace estúpidos. Solo existimos mi padecimiento y yo. No nos pidáis nada.

Aquella misma noche, en la habitación del hotel, Alberto me confesó que había llegado al límite.

—No puedo más. Creí que te sentarían bien unas vacaciones. En cambio, estás demasiado distante. Siempre en las musarañas, con la cabeza llena de pájaros. Que yo esté o no a tu lado no cambia nada. Cuando vamos por la calle ni siquiera miras a tu alrededor, andas cabizbajo como si fueras al trabajo. Y casi no hablas.

Tenía razón. Tenía toda la razón.

—Ya sé que tú no tienes la culpa, pero me he quedado sin fuerzas. Seguir así no tiene sentido: dejémoslo.

La primera sensación, cuando me propuso que lo dejáramos, fue de alivio. No tener que fingir la sonrisa, no tener que dar vueltas por la ciudad para ver cosas e interpretar el forzado papel del turista. Volver libremente a mis tormentos.

Sí, gracias, sí.

Le di la razón: seguir así no tenía ningún sentido.

Ni siquiera fue una discusión larga. No había mucho que decir.

Y entonces ocurrió algo.

Alberto, se durmió, exhausto.

Yo no pegué ojo.

Sentado en la cama, en penumbra, la luz de las farolas que se filtraba a través de las persianas, nuestra ropa tirada en las sillas, el rumor del tráfico nocturno en la calle. Y yo meditando y comprendiendo la situación.

Comprendía con absoluta claridad que estaba ante una encrucijada: por un lado, podía entregarme de nuevo al dolor, envolverme en la manta ya familiar del malestar, aquella capa de niebla que desde hacía meses me separaba del mundo, colocándome en un lugar donde nada ni nadie podía alcanzarme; por otro lado, él, la vida. El futuro.

Me pregunté qué quería.

Me pregunté: «¿Quieres seguir viviendo?».

Sentía que los tentáculos de la desesperación me acariciaban, me seducían con su negra viscosidad, me envolvían cálidos y tranquilizadores: somos nosotros, tus compañeros de estos últimos meses, ¿nos oyes?, ¿nos reconoces?, somos tu día a día, tu normalidad.

Somos tu realidad.

Me pregunté de nuevo: «¿Quieres seguir viviendo?».

Y me obligué a responder.

A la mañana siguiente, cuando se despertó, le dije esta frase absurda:

—Espera un día antes de dejarme.

—¿Y eso qué cambia?

—He cambiado yo.

Parecía una promesa sin fundamento (¿quién puede cambiar en una noche?), un engaño *last minute*. Pero estábamos en una ciudad extranjera y aún teníamos unos días de vacaciones por delante, así que valía más que pasáramos juntos el tiempo que nos quedaba.

Aceptó, sin convicción.

Pero era cierto. Yo había cambiado.

Me había dicho a mí mismo que ya era suficiente.

El día extra que Alberto me concedió duró veintidós años. De hecho, aún dura.

Justo cuando no lo buscaba en absoluto, cuando atravesaba mi peor momento, encontré al hombre de mi vida.

A menudo pienso en todo el dolor que tuvo que asumir Alberto durante aquellos primeros meses. Él, que estaba saliendo del suyo y tuvo que soportar el mío.

Una historia nacida de dos duelos superpuestos: el suyo, que se estaba diluyendo, y el mío, que iba en aumento.

Decidió permanecer a mi lado, convivir con mis llantos, con el fantasma de un hombre evocado constantemente en una mitología personal forjada por el sentimiento de culpa y los reproches.

Me pregunto cómo pudo soportarlo.

Porque nuestra historia parecía el negativo de una película: en lugar del entusiasmo y la alegría del enamoramiento, había lágrimas y crisis. Plomo en lugar del gas hilarante de los primeros besos, de las primeras citas, de las primeras noches juntos.

Es cierto que estábamos bien, pero a expensas de un esfuerzo enorme por ambas partes. Equilibristas inestables sobre capas de sufrimiento personal.

Para nosotros la felicidad era una perspectiva. Algún día, quizá.

Hasta que un día llegó.

No te curas.
No dejas de sufrir.
No te perdonas.
No te salvas.

Decides hacerlo.

¿Es realmente posible decir basta, basta ya de sufrir, ahora empiezo a vivir?

Para mí fue así. Como pulsar un botón *On/Off*.

Pulsé *On* y las luces volvieron a encenderse.

Aquella noche en blanco comprendí que había llegado al límite.

Hacía meses que me estaba destruyendo, pensando en el sufrimiento de S., en todo lo que lo había abocado a lo irreparable. En mi incapacidad para salvarlo. Mendigaba una respuesta a los videntes, quería que me dijeran que el tormento de S. había terminado para siempre.

Me obsesionaba con su derecho a la felicidad, olvidando que yo también podía tener derecho a ella.

Quizá todos tenemos un límite. Yo lo había alcanzado. Más allá solo estaba el abismo. La renuncia a la vida.

El hombre que ahora dormía a mi lado era una persona maravillosa hasta el punto de apoyarme en mi periodo más oscuro, de haberse enamorado de mí cuando yo era incapaz de cualquier forma de romanticismo. De quererme en mi peor versión.

Ni siquiera había sido capaz de reconocer esto.

Había llegado el momento. O ahora o nunca.
El momento de salvarme.

Me ocurre lo que a todos. Pasas unos cuantos meses enajenado. Cuando recobras la cordura, la gente puede salir a recibirte. Darte la bienvenida a casa.

HEIDI JULAVITZ, *The Folded Clock*

Cambiar de dimensión

Francesca Jaks Gaffuri irradia algo especial. Me di cuenta la primera vez que la vi en un video de internet, y me lo confirma ahora la mirada luminosa y brillante con que me observa.

Si fuese posible afrontar una tragedia familiar con entereza, ella sería la demostración.

Su historia es pública y notoria. El 5 de octubre de 2011, el capitán de la selección de hockey suiza Peter Jaks se suicidó saltando a las vías del tren cerca de la estación de Bari Santo Spirito. Tres días antes había dejado su alojamiento en Bellinzona, anunciando que se iba a la República Checa a ver a su madre. En cambio se dirigió a Italia, donde estuvo vagando sin rumbo hasta que se quitó la vida en Apulia.

Francesca era su exmujer. Tenían tres hijas en común.

Al cabo de diez años, ella quiso contar públicamente lo acaecido en una entrevista muy personal en un programa en directo en la radio suiza. Después de haber escuchado esta conversación decidí ponerme en contacto con ella. Ella enseguida accedió a verme.

Quedamos para comer en un restaurante de Locarno. Hace un día muy agradable, de clima templado. Por teléfono ya me ha dicho que podré preguntarle lo que quiera, y yo no me corto un pelo: su sonrisa me autoriza a tomarme esta libertad.

Al principio procuro que me cuente si Peter era muy famoso, y me queda claro que lo era. Fue un gran atleta, y en Suiza el hockey es un deporte muy popular. Era célebre y admirado, tanto por los aficionados como por los niños.

—Te confieso que de vez en cuando a mí también se me hacía pesado que lo reconocieran en todas partes, por la calle, en los restaurantes cuando salíamos a cenar en familia —dice Francesca—. Los fans invadían continuamente nuestra intimidad, era inevitable.

Cuando dejó de jugar lo nombraron director deportivo de un equipo, pero acabó por perder el trabajo. Pese a que era un hombre muy inteligente y hablaba seis idiomas, no acababa de encontrar una nueva colocación en el mundo del deporte y eso lo abocó a una crisis profunda.

También había empezado a jugar a juegos de azar.

Aunque ya llevaban tres años divorciados, Francesca había advertido su malestar, sabía que necesitaba ayuda. Le facilitó el contacto de un psicoterapeuta y un número de teléfono de Ticino que ayudaba a personas adictas al juego. Él le aseguró que iría al psicólogo.

—Al cabo de un tiempo me escribió un mensaje: «Tengo cita el 12 de octubre». Pero el 5 de octubre estaba en Apulia y...

No acaba la frase, ni falta que hace. En cambio, me habla del complejo vínculo que existía entre ellos:

—Cuando te separas, lo haces porque ya no está presente el sentimiento que une a un hombre y una mujer, pero eso no quita que yo continuara sintiendo mucho afecto por él, aunque solo fuera por los momentos maravillosos que habíamos vivido juntos. Nos quisimos durante mucho tiempo.

Le pregunto qué sintió cuando se suicidó.

—Un sentimiento que oscilaba entre el abandono, la traición y la tristeza. Se me partía el corazón de pensar que se sentía tan solo que no podía aceptar la ayuda de nadie, pero también sentía rabia, porque en el fondo me vi pagando el precio de una decisión que yo no había tomado. Creo que dos personas con hijos en común conservan un hilo que las une para siempre, y lo cierto es que él había cortado ese hilo sin pedirme permiso.

La imagen del hilo cortado de forma unilateral me parece muy esclarecedora. Puedo imaginarme que la presencia de los hijos estratifica el problema y lo vuelve más complejo.

Francesca intuyó que sus hijas debían de estar sintiendo un dolor más fuerte que el suyo. Para empezar, porque eran muy jóvenes (veintiún años la mayor, quince la más pequeña), y en segundo lugar porque un gesto tan violento las había consternado con toda seguridad. Así que se propuso un objetivo: que pudieran volver a disfrutar de una vida normal y que esta experiencia dolorosa acabara formando parte de su bagaje existencial, sin aplastarlas.

Una empresa titánica, a mi modo de ver.

Ella, en cambio, dice que hacerse responsable de la felicidad de sus hijas la ayudó en cierto sentido, pues la obligó a encontrar la fuerza necesaria para reaccionar y socorrerlas.

—Y tres son multitud —admite—. Al principio las chicas estaban enfadadas y consternadas, tenían un sentimiento de abandono muy acusado, como si no hubiesen valido nada para su padre. Y hacerles entender que no era así fue una tarea ímproba. Estoy convencida de que lo hizo para protegernos, porque jugaba, bebía, y las cosas estaban destinadas a degenerar. Creo que quiso ahorrarles el mal trago a sus hijas.

Francesca me parece una mujer muy lúcida, una persona que ha analizado su situación en todos los aspectos, y a fondo. Quizá esta sea una de las razones por las que me siento tan a gusto con ella, una desconocida a la que en cambio tengo la sensación de conocer desde siempre.

Los camareros interrumpen nuestra charla trayendo y retirando platos, pero es como si fueran hologramas en nuestro perímetro. La comida también es un mero detalle. Comemos casi sin darnos cuenta. Nos encontramos en otro plano de la realidad aunque estemos sentados en esta mesa, tenedor en mano.

Sin embargo, lo que convierte la situación de Francesca en algo peculiar es la notoriedad de su marido. Le pregunto qué significó afrontar en público un dolor como este, que es profundamente privado.

Francesca suspira. He pulsado una tecla dolorosa.

—Escuchar los juicios de los demás en un momento de tanta vulnerabilidad resulta muy, muy doloroso. A veces mis hijas escuchaban en la tele comentarios negativos o historias falsas sobre su padre, y no les quedaba otro remedio que resignarse. Siempre les he dicho: «No tenemos nada de lo que avergonzarnos, porque nadie tiene la culpa, de modo que tenéis que aprender a asumir el dolor, que forma parte de la vida, y comprender que nuestra familia ha cambiado de dimensión pero sigue siendo una familia. Seguimos siendo nosotros cinco».

Esta mujer no deja de sorprenderme. Después de una separación y un suicidio, no sé cuánta gente podría considerar su familia como «una familia que ha cambiado de dimensión». Este punto de vista demuestra una madurez extraordinaria. Pero quizá para Francesca este sea el verdadero sentido del amor.

Este encuentro ha sido posible gracias a nuestra decisión de hacer pública nuestra historia. Sé muy bien que tomar una decisión así lleva su tiempo. Veinte años en mi caso, diez en el suyo. Sin embargo, me parece casi paradójico que guardara silencio entonces, cuando los medios de comunicación hacían conjeturas y publicaban falsedades sobre su exmarido, y que haya decidido hablar precisamente ahora, cuando cabía la posibilidad de que su historia fuese olvidada.

—En un sentido emocional, ahora es muy distinto para mí. Pero lo he hecho sobre todo porque creo que la muerte de Peter puede ayudar a otros. Este es mi único propósito. Cuando alguien que se ve en esta situación escucha que tú viviste lo mismo, es tal la ayuda que le proporcionas que sería un crimen no hacer nada.

No puedo estar más de acuerdo con ella: esa es precisamente la razón que me ha llevado a escribir este libro.

¿Y qué siente ella por Peter hoy en día?

—Lo único que siento por él es un gran amor, y estoy en paz. En paz absoluta. He aprendido muchísimo de esta experiencia. Puede parecer absurdo, pero también ha sido una oportunidad para crecer: ya no soy la mujer de hace diez años, soy mucho mejor. Ahora mis hijas son tres mujeres maravillosas y estoy convencida de que haber tenido que enfrentarse a una situación tan difícil las ayudará en el futuro. Si la vida vuelve a doblegarlas, sabrán dónde buscar las fuerzas para reaccionar.

Me gustaría que hubiese una platea llena de supervivientes aquí mismo, escuchando a Francesca y tomando ejemplo y fuerza de su entereza.

Entretanto, la comida ha terminado. Hemos comido en una terraza con vistas al lago de Locarno, pero hasta ahora casi no hemos reparado en el paisaje. Mientras tomamos café nos damos el gusto de contemplarlo. Francesca señala unos puntos en la costa e intenta mostrarme la zona donde vive.

Después me acompaña a la estación.

He venido a Suiza para pasar poco menos de dos horas con ella, pero me alegro de haberlo hecho.

Mi tren directo a Milán está listo para partir. Yo sigo dándole vueltas a su última respuesta. La idea, para algunos ciertamente inconcebible, de que una tragedia como el suicidio pueda ser vista como una oportunidad de crecimiento y mejora.

En el andén, antes de subirme al tren, le hago una última pregunta:

—Si pudieras dirigirte a alguien que ha sobrevivido hace poco al suicidio de un ser querido, que está viviendo el dolor de la pérdida justo en este momento, ¿qué le dirías?

—Que hay que afrontar las cosas una a una. Y ser indulgente con uno mismo: si hoy no puedes hacer nada no importa, mañana será otro día.

»Le diría que no se avergüence, porque avergonzarse de algo así es absurdo.

»Le diría que busque ayuda, que no tenga miedo de atravesar el dolor.

»Y por último le diría que tenga confianza, que la luz regresa y que después es posible volver a tener una buena vida, que incluso es posible quedarse con cosas bonitas.

»El suicidio aún es un gran tabú. En cambio, tendríamos que hablar de él, se lo debemos a las víctimas: no solo a los que se han quitado la vida, sino también a los que se han quedado. Porque ninguno de ellos ha elegido pasar por esto y nadie les tiende una mano. Las personas como tú y como yo debemos aprovechar nuestra propia experiencia para compartirla con quien lo necesite.

»¿No sería fantástico poder ayudar a una persona, aunque fuera solo una?

Llegados a este punto nos abrazamos.

Hace más de veinte años que este libro me ronda la cabeza. En los meses posteriores a la muerte de S. buscaba las palabras para poner orden en el caos en que estaba sumido, para darle una forma, una estructura. Un duelo en forma de novela.

En mi mente concebía un libro que contara a qué se enfrenta uno en un caso así. No pensaba en gente que nunca vivirá estas cosas, no pensaba en los lectores, en el público, sino en los parientes de suicidas, en los hijos, los padres, las madres, los maridos, las mujeres.

En los que se quedaban.

En los otros yo.

La pregunta que me habían hecho por teléfono era acertada: ¿estás tomando apuntes?

Sí, lo estaba. Antes incluso de ser consciente de ello.

Tengo la estúpida costumbre de anotar pocas cosas. Es un error en alguien que escribe. Soy un escritor sin libreta, como un ministro sin cartera. Prefiero que las ideas ronden mi cabeza hasta que siento la necesidad de ponerlas por escrito. Si las olvido, mala suerte. Querrá decir que no eran tan importantes.

Nunca he dejado de pensar en este libro, si bien lo posponía una y otra vez. De vez en cuando volvía sobre él, para ver si seguía ahí.

Seguía ahí, siempre.

Sus páginas me pedían que me sentara frente al teclado.

«Tarde o temprano encontraré el valor», me decía.

Mientras tanto pasaban las décadas.

Mientras escribo estas páginas me salen de vez en cuando frases hechas, automatismos sobre lo desgarrador que es, sobre la laceración que comporta, como arrancarse la piel a tiras.

Me veo obligado a volver atrás y borrarlas. No son auténticas. Son lugares comunes, lo que se esperaría de alguien que revive aquellos momentos.

La verdad es otra.

Escribir este libro, me doy cuenta, es fácil.

Me siento frente al teclado y las palabras brotan de mis dedos con una naturalidad absoluta.

Hace demasiado tiempo que las llevo dentro, que las imagino y les doy forma, que me las paso por la lengua como si fueran caramelos con sabor a veneno. Estoy acostumbrado a ellas. Soy un adicto.

De joven me preguntaba cuándo alguien podía considerarse un escritor, sentirse autorizado ante sí mismo para definirse como tal. Creía que tenía que ver con una percepción externa, con un reconocimiento público (cuando se publique un libro que lleve tu nombre en la cubierta, cuando salgas en las listas de los más vendidos, cuando ganes un premio, cuando te inviten a un festival, cuando te entrevisten en televisión...). Alcanzaba algunos de estos objetivos y siempre me parecía que había otros más importantes, más significativos.

Hasta que, al cabo del tiempo, lo entendí: eres un escritor porque piensas como un escritor. Porque intentas almacenar todo lo que te pasa, porque recuerdas los nombres de las personas, los lugares, los entresijos, porque tienes tendencia a recrear el pasado en forma de historias, porque no te limitas a vivir las experiencias, sino que las examinas en busca de un planteamiento, un nudo y un desenlace, porque a través de la escritura das sentido a las cosas.

Soy un escritor porque en el fondo siempre tuve la certeza de que escribiría este libro. La pregunta nunca fue «si», sino «cuándo».

Sin embargo, ni siquiera después de haber escrito decenas de páginas lograba admitir ante mí mismo que lo estaba haciendo de verdad. «Son apuntes —me decía—. Solo es una prueba.»

Para reconocerlo necesité a los amigos. Un grupo de cinco escritores con los que quedo para cenar cada tres o cuatro meses, por el placer de estar juntos y de beber sin moderación. Entre el café y el *amaro*, cuando la embriaguez de la conversación disminuye y la atmósfera se hace más reflexiva, siempre acaba surgiendo la pregunta: «¿Estáis escribiendo?».

De camino al restaurante pensaba en hablarles de otras cosas, de proyectos en distintas fases embrionarias reunidos en una carpeta del ordenador titulada «Posibles novelas», a la espera de que los abra y les añada un capítulo de vez en cuando. Tengo al menos cinco que languidecen en ese limbo; habría sido fácil elegir uno de ellos y ofrecer un resumen, pero delante de mis amigos, como si estuviese bajo el efecto de una conciencia literaria alcoholizada, tuve la sensación de que sería insensato mentirles.

Cuando llegó mi turno, les revelé que estaba escribiendo un libro sobre un episodio de mi vida que ellos ignoraban. Les conté cuál. Y también les confesé mis dudas sobre la relación del proyecto con mi primera novela y en general sobre el hecho de embarcarme en un texto tan profundamente íntimo y alejado del tono ligero de todo lo que había publicado hasta entonces. Dudas que solo otros escritores habrían podido entender.

Mi intervención dio pie a una discusión sobre hasta qué punto es conveniente seguir nuestra propia inspiración o, por el contrario, hay que mantener la coherencia artística en cada libro. El ambiente se caldeó y yo observaba casi divertido cómo mis amigos debatían por mí. La tensión se disipó y acabamos la cena abrazándonos.

En el camino de vuelta a casa, sin embargo, solo podía pensar una cosa: «Así que este libro va en serio, lo acabarás».

«Esta vez no hay vuelta atrás».

Estoy en las oficinas de la redacción de un programa de televisión en el que colaboro estos días y un compañero que está preparando un documento me pregunta qué día es hoy. Se lo digo y enseguida pienso: es el día después del aniversario de la muerte de S.

El pensamiento me sorprende porque significa algo muy concreto: que ayer no caí en la cuenta.

Al principio, el mero hecho de que se aproximara el aniversario me hacía sentir mal. Una efeméride terrible, la conmemoración de una pesadilla. Parecía que casi pudiese palparla en el ambiente.

Con los años el impacto se fue suavizando, pero en mi memoria siempre había sido una fecha señalada y dramática.

En cambio, ahora (¡y mientras escribo este libro!) aquel día ha pasado sin que me acuerde de él. Sé que suena contradictorio, pero para mí no lo es. Significa que la vida cotidiana prevalece sobre el plano simbólico, como sucede con muchas otras cosas vinculadas a esta historia. Siento que la esencia de S., su recuerdo, está tan presente y difuso que pierden valor las fechas, los objetos que le pertenecían, las huellas de su paso por este mundo.

Haberme olvidado del aniversario de su muerte no es una pérdida, es una conquista.

Recuerdo haber pensado: nunca habrá un momento en el que no piense en eso. Tenía razón, pero también me equivocaba.

AMY HEMPEL, *Cloudland*

Al final no he releído el cuaderno con las cartas que me dejó.

Me ha faltado coraje.

Sé que eran cartas llenas de recriminaciones y disculpas, de reflexiones y recuerdos compartidos, de remordimientos y flujos de conciencia. Su retrato definitivo.

No sé cómo me habría sentido al releerlas. Me temo que habría sido devastador.

Siguen siendo un tesoro incendiario guardado en un cajón que contiene sus llamas.

No soy tan ingenuo como para creer que esta sea una solución, una receta. Encuentra a otra persona a quien amar y que te ame.

El mero hecho de escribirlo resulta patético.

En una situación así no hay nada tan lineal y claro, una fórmula, un método. Un medicamento. Un secreto.

Te revelo el truco.

Hecho, misterio resuelto.

No. No funciona así.

Cada cual tiene su camino, sus tiempos. Sus métodos. O, mejor dicho, no los tiene. Los improvisa. Afronta las cosas tal como vienen, según su estado de ánimo. Aunque esté rodeado de afecto, a la hora de la verdad está solo. No hay otro camino.

Hay quien halla consuelo en la religión, quien confía en la terapia, quien se sumerge en el trabajo, quien convierte a sus hijos en la razón para seguir adelante, quien cambia radicalmente de ciudad, de amigos, de vida.

El camino es el adecuado, si siente que es el que debe seguir.

Más allá del trayecto y de las modalidades, lo esencial continúa siendo esto: que en un momento dado tienes que permitirte seguir adelante. Tienes que perdonarte.

No, no lo salvamos.

No fuimos capaces.

No advertimos la gravedad de la situación.

No vimos las señales.

No nos tomamos en serio las amenazas.

No fuimos capaces de ver cuán profundo era su malestar, y cuando lo intuimos no supimos cómo aliviarlo.

No siempre estuvimos a su lado.

No fuimos omnipotentes.

Podríamos pasarnos la vida entera ajustando cuentas con nuestras limitaciones. De un modo u otro seguiremos haciéndolo. Pero si queremos seguir viviendo, un día tendremos que ser piadosos con nosotros mismos y dejar de condenarnos.

Apenas me he drogado a lo largo de mi vida. Lo he hecho de adulto, consciente de lo que hacía, y solo en circunstancias sociales. En ciertas macrodiscotecas, a menudo en el extranjero; en antiguos teatros con galerías de tres pisos en Ámsterdam; en fábricas abandonadas en Berlín; en locales subterráneos de Bruselas; en carpas en la periferia de Madrid, rodeado de cientos de hombres sudorosos y semidesnudos que parecían moverse de manera sincronizada a mi alrededor, un despliegue de humanidad húmeda y acogedora que seguía el bajo martilleante procedente de los muros de altavoces, como si estuviera dentro de un enorme corazón palpitante.

Momentos de beatitud química y cósmica, de vibración con la creación, con la vida, con mi especie. Y cada vez, cada vez, todas y cada una de las veces, en tales instantes de exaltación del espíritu y de la carne, tenía un pensamiento para S. Una oración laica y drogada, purísima.

Que seas feliz, S., espero que hayas encontrado de veras la paz que buscabas, yo sé que he encontrado la mía con Alberto, todo esto debe de tener un sentido, quisiera que lo tenga y quizá algún día lo entienda, nunca dejaré de odiarte, pero sobre todo nunca dejaré de quererte, sé feliz, S., estés donde estés ahora.

AGRADECIMIENTOS

Siento que hay muchas personas a las que debo dar las gracias por este libro.

A los amigos que lo han leído y que me han aportado opiniones y ánimos, cuando no sabía aún si sería capaz de terminarlo, en particular a Antonella, Giorgio y Paolo.

A Riccardo, que me ha dejado emplear sus palabras.

A los profesionales que me han brindado su experiencia, que solo en una mínima parte ha confluido en estas páginas: Maurizio Pompili, Denise Erbuto y Giada Maslovaric.

A Francesca Jaks Gaffuri, por su extraordinario testimonio.

A Monica, que desde el principio me hizo sentir comprendido y protegido.

A mis padres y a mi hermana, que estuvieron a mi lado en los días más oscuros.

A todos aquellos que, de las maneras más diversas, me ofrecieron su apoyo cuando más lo necesitaba.

Y, naturalmente, a Alberto, que quizá no lo leerá, pero ya está bien así.

ÍNDICE

El Ministerio de Sanidad de España promueve la Línea 024 de atención a la conducta suicida. Se trata de una línea telefónica de ayuda a las personas con pensamientos, ideaciones o riesgo de conducta suicida, y a sus familiares y allegados, básicamente a través de la contención emocional por medio de la escucha activa por los profesionales del 024, la recomendación de que contacten con los servicios sanitarios del SNS o la derivación al 112 en los casos en los que se aprecie una situación de emergencia. En caso de emergencia vital inminente puede llamar directamente al teléfono de emergencias 112.

La línea 024 no pretende reemplazar ni ser alternativa a la consulta presencial con un profesional sanitario cuando sea necesaria.

Los destinatarios de la línea son las personas con conducta o ideación suicida, así como los familiares o allegados de víctimas de suicidio o de personas con ideación suicida.

El 024 es un servicio de alcance nacional (accesible desde todo el territorio nacional), gratuito, confidencial y disponible las 24 horas del día, los 365 días del año.

Esta primera edición
de *La vida que nos queda*, de
Matteo B. Bianchi, ha sido impresa
con los papeles Munken Print Cream 18,
de 80 g, y Symbol Tatami Ivory, de 250 g.
Se ha utilizado la tipografía Tisa OT.
Y se terminó de imprimir en el
mes de octubre del
año 2024.